两次相遇

张惠雯 著

上海文艺出版社

目录 | Contents

爱

在新任的牧区医生还未来到以前，一些喜欢打听的居民就得到了一点儿关于他的消息，知道他是医学校毕业的大学生，曾在城里的某医院工作，还是个未婚的年轻人……这类消息总会从某个缺口透露出来，再经由女人们的嘴渲染、流传。尽管有了各种消息拼贴而成的印象图，但新医生来的时候，人们还是有点儿吃惊，因为他比他们想象的还要年轻得多。根据他的经历，他们猜测他至少有二十五六岁，但他的样子看上去更像个学生。和这一带的青年牧民比起来，他个子有些矮小了，脸色也有点儿苍白，不像其他维族青年那样留着唇髭。即便在他笑的时候，他也显得有点儿严肃，但精明的人能看得出，那并非严肃，而是小心掩饰的拘束。和以往的老医生不一样，他从不大声向病人询问病情，也不会因为他们对针头胆怯而哈哈大笑，如果不出诊，他总是在他的药房里坐着，穿着白大褂。

这个年轻人叫艾山，当他第一天来到牧区诊所时，他发现诊所和兽医院竟然是在同一个院子里。诊所也就是刷了白墙的两间平房，一间是药房，一间里面放着两张床和四个陈旧得快要涣散的输液架子。在院子的一角，一间孤零零的小房就是他住的地方。他猜想前任的医生是一个不怎么清洁的人，因为不管是诊所还是住房里面的墙壁都很脏，桌子上、药架上落满了灰尘，他不得不做一次大清理。他对牧区的工作没有什么幻想，但这样的简陋还是让他失望，尤其当他听到院子里那些被人强按住的牲口发出的嚎叫声时，他感到自己的职业被侮辱了。开始的一些天就在沉闷而又略有些烦躁的情绪中度过了。但他是这样一个温柔谨慎的年轻人，连他的烦闷不安也是轻柔的、悄无声息的。无人察觉这年轻人陷入了对未来生活的迷惘中，因此也就无人知道他从某个时候起又突然感到这迷惘不再困扰他了。他深知自己的弱点，感到自己并不是一个会有远大前程的人，这样，他就不再为职业上的事烦恼了。

渐渐的，他发现牧区的生活也有他喜欢的地方，尤其当他出诊或调查牧民健康状况的时候，他骑在那匹温顺的褐色老马上，望见远处坡地上云块一样缓缓移动的羊群，他会仰起脸深吸那混杂着青草、羊毛和牛奶味的空气，观看头顶那潭水一样蓝而且静的天空。需要去较远的牧民居住地时，他常常骑马走上一两个小时。他在途中发现了一些不知去向的小河，偶尔会看见羚羊和鹿。在路上，他很少遇见别的人，苍茫的草场上和天空下，只有他和他的马，有时候他会突然间忘了他是走在一条通向某处的路上，是要往哪个地方去。有人劝他买一辆摩托车，但他却更喜欢骑马，因为马是活的，它们体恤主人，是路上的伴侣。牧区的病人并不多，因为牧人们不娇气，不会把小病放在心上，而严重的病，他们就会去县城里看。更多的时候，他就只是坐在那间白色墙壁、蓝色窗框的简易药房里，等待病人或是看书。有时候，这种日子难免会让人感觉单调、孤独，但这孤独仍是他可以忍受的。

圣纪节过后不久，富裕的牧民阿克木老人给第四个孙子摆周岁酒，邀请了附近的男女老少一起去热闹。让艾山惊讶的是，阿克木老人也邀请了他。一开始，他有点儿不知所措，因为除了看病、日常事务来往和礼节性的交谈，他在这里还没有一个可以说话的人。他反复想到的一个难题是，在人们熙攘往来的房子里，他应该和谁说话，而如果没有人和他做伴，他独自待在某个角落里，会不会被人可怜、笑话。可他又有点儿兴奋，因为他也许可以借此机会认识一些附近的年轻人，这些年轻人不会无缘无故跑到诊所来，而他平时也不会主动接近他们。毕竟，有一些朋友，生活会容易一些。

在宴会举行前两三天的时间里，只要一空闲下来，艾山就会想到这件事。一个孤独的年轻人总会有细致的想象力，他想到了让他最尴尬丢脸的场面，也想到了一些散发着模糊的温暖光晕的画面，所以，他一会儿犹豫不决，一会儿又兴致高昂。最后，他跑到他住的那间局促的小屋里，从箱子里翻出来一条白色的袍子，袍子的袖口和领口都镶着针脚精致的、淡绿色的滚边。这是他母亲给他缝制的。由于压在箱子底下太久了，轻柔的布料起了褶皱。艾山把袍子在清水里浸了一会儿，然后把它晾在院子里绑在两棵小树上的那条绳上。

周岁酒在那一天的晚上举行。下午，艾山仔细洗了头发，把下巴和脸颊刮得很干净，然后，穿上了那条袍子。他在洗脸盆上面的那一块残缺一角的镜面里打量自己，他感觉自己打扮得还算整洁，他尤其喜欢母亲给他缝制的这件礼服长袍，他喜欢那淡绿色而不是红色、金色或亮紫色的镶边。但他看到镜子里的自己长相平平：他的鼻梁有点儿扁平了，毫无特点的嘴巴不大不小，也许他脸上唯一好看的地方是他的长睫毛，可这算什么呢？他又不是个姑娘，并不需要这样的长睫毛。

五点多的时候，艾山往阿克木老人的家走去，他没有骑马，因为阿克木老人的毡包离诊所这里走路只需要三十多分钟。他走在余晖渲染下的草坡上，穿着白袍。路上，他看见一些归牧的牛群，还有几个骑马赶来的临近地方的牧民，其中有一两个裹着色彩鲜艳的头巾的妇女。他听见赶路的人含糊的、由远而近的交谈声，以及归牧的人单调的吆喝声，但他什么也没有听清楚。他想着他自己的事，对自己不够满意，还有些说不清楚的不安，但他仍然兴奋、快乐。当他看到站在阿克木家那个大毡包外面的一群女孩儿时，他才恍然大悟，他所一直担心、害怕的正是她们。而她们正叽叽喳喳地说着话，做着手势，有两三个女孩突然神秘兮兮地朝他看过来，似乎她们正在谈论着他。

他硬着头皮经过她们身边，而她们低低的笑声传进他的耳朵里，这笑也像是冲着他来的。于是，连他的耳朵也红了。他钻到毡包里去了，看到里面有更多的年轻女人，但也有很多男人。阿克木老人的小儿子嗓门很大地迎接他，这个腼腆的外地年轻人的到来似乎让他脸上有光，他拍着艾山的肩膀，好像他们已经是很好的朋友了。后来，一些脸熟的人走过来和他说话，还有几个找他看过病的妇女。他觉得舒服了一点儿，不那么热了，他的心跳逐渐平稳，开始悄悄打量周围的人。慢慢地，有不认识的年轻女人上来和他说话，她们问他有关胳膊上莫名其妙起的小水疱，被马咬后留下的伤疤还有突然出现的眩晕，有个女孩儿说她的耳朵里经常有轰鸣声，还有个女人说她夜里老是做吓人的梦，问他有没有什么药可以治。不管那是否是可笑的问题，他总是细心地替她们分析，尽量找到答案，但每一次，他都对自己的回答不满意，过后总觉得那样的回答太仓促含糊了。客人们走来走去，而他似乎就一直站在他进来之后选定的一个地方，一个灯光稍暗、不容易引起注意的地方。

吃饭的时候，艾山被邀请坐在重要人物的一桌，那一桌上有主人阿克木老人、他的长子、二儿子还有两个牧区的干部、三四个他不认识的、年龄较长的牧民。他觉得别扭、难受，却找不到借口推辞。有人开始悄悄议论这个坐在尊长者之间的年轻人了，他显得多么年轻、害羞呀！一个可爱的、涉世未深的人。

当别人和他说话时，艾山总会专注地听着，很有礼貌地点头，而大部分时间，他只是低头盯着眼前的杯子、盘子。不知道从什么时候起，他隐约地感到有一道目光不断朝他看过来，但每当他循着感觉的方向看过去，他却只看到一些因为欢笑而颤动、闪烁的女人的身影。他不好意思朝那个方向一直寻找，但他觉得那双眼睛就隐藏在那些影子中间，它悄无声息地注视自己，于是他的每一个动作、每个表情都落在这目光构成的透明的网中，无一逃脱。他又开始不安了，他调整着自己的位置，一点点地侧过身子，可他觉得他并没有摆脱那道目光，它就像一个轻盈灵巧的飞虫，在他发梢、衣领和背后飞动。

那些人劝他喝酒，他们让他喝了太多的酒，因为他不会拒绝，因为拒绝要说很多客套、聪明的话，看起来他还不会。所以，他的脸涨红了，他用手扶住自己那低垂的额头。突然，他抬起头，他那双明亮的眼睛飞快地朝一个地方看过去。只此一下。然后，身边的人又和他说起话来了，他于是带着儿子般亲昵而温顺的神情看着那个长者，眼睛里闪动着惊奇的亮光。在旁人看来，这年轻人已经有点儿醉意了。可他自己却正为一个发现而欢喜，他似乎找到那双眼睛了，他刚才捉住一双迅速闪开的、有些惊慌的眼睛。她坐在一群女客人中间，娇小，毫不突出，但她那双眼睛，她垂在脸庞两侧的黑头发……一瞬间，他的心里被一种欢喜、甘甜、涌动着的东西充满了。但他如何能确定那就是那双眼睛呢？也许它早就躲开了他，而她只是不经意地碰上了他的目光。他假装专注地听旁边的人对他说话，而他一句也没有听到心里。在心里，他有些迟疑、迷惑，还有种说不出的快乐。

酒席散了，人们又开始四处走动，有的人到毡包外面去了。这中间，一些女人们从她们坐的地方起身，围到满周岁的男孩儿和他母亲坐的桌子那儿，她们逗那孩子，孩子却不解地哭起来。有些住在较远地方的人开始告辞了，阿克木老人站在靠近门的地方，和要离开的客人告别。但不少人兴致还很高，男人们还在喝酒，准备闹腾一阵。这时，他突然发觉她不见了。迷迷糊糊中，他也站起身，走到外面去了。他看见天空中的半轮月亮和一些稀疏的星星，还有一些人骑着马离开的影子。也有人骑着摩托车走了，那起初尖锐的震动声慢慢变得廖远、寂寞。一些女孩儿在不远处站着，围在一块儿说笑。在这些影子里，他都没有找到他要找的那个人。他向堆着干草垛的空地那边走去，不知道为什么，他只是想往更远的地方走。在他那双朦胧的眼睛里，干草垛就像贴在夜幕上的剪影，像是在草原的另一边。

他有点儿累了，在一个草垛下面坐下来，夜里的凉气渗透了他的袍子，可这凉意多么清爽。他嗅闻着干草松软的香气，不知怎么想起了炉膛里刚拿出来的热香的馕，他仿佛又看到一双柔软的女人的手，看到在奶白色的晨雾里显得乌黑湿润的女人的头发，仿佛听到了纱一般轻柔的女人的说话声……但最后这一点似乎并非幻想，因为他真的听到了女孩儿的说话声，这说话声越来越近，他发现已经到了干草堆的后面。

“是真的吗？可是……可是，你都对他说了什么？”一个女孩儿压低着声音、激动地说。

“没有，我什么也没有说。我怎么能说呢？”另一个女孩儿声音微微颤抖地说。

“可他怎么知道的？他不是已经知道了吗？”

“他好像发现了，我感觉他已经知道了。”

沉默了好一会儿，一个女孩儿喃喃地说：“感觉，多奇怪的感觉。”

“你不会对别人说吧？”声音颤抖的女孩儿怯怯地问。

“啊？你怎么想的，我当然不会！”爱激动的女孩儿几乎叫出来。

“好了，好了，你不会说的，我知道。我只告诉过你一个人。”她说。

坐在那儿的艾山一动不动，几乎不敢呼吸，幸好他被掩藏在草垛浓黑的阴影里面。于是，那声音就从他身边经过，两个女孩儿边走边说，趁着月光往毡房那儿去了。他知道其中没有她，但他仍然觉得她们每一个的影子都很美。他无意中听到了她们的谈话，她们的秘密，可他不知道她们是谁，她们爱上了谁。这一切，在他想来也很美。

他又回到毡房里，可她并没有在里面，她那桌上的女人们都散了，桌子空下来。他想她也许已经走了，这使周围一切热闹、耀眼的东西突然间显得黯淡无光了，他发现他之所以走出去、又回到这房子里来，这一切只有和她联系起来才有意义。但他不好意思马上走，尽管他心里焦急着。仿佛有一种不近情理的、模糊的希望在催促着他：如果他早点走出去，也许还有机会在路上遇见她。他仍然站在那儿耗了几分钟，和阿克木的小儿子说着话，他终于记住了他的名字——帕尔哈特。随后，他终于找了个机会向阿克木老人告辞了。他匆匆忙忙地走出去，看到有人忙着套马车，有人还站在靠近路口的地方说着话。他隐约怀着那个希望，但又极力否认它。一方面，他被那种无法解释的愉快情绪充满着，另一方面，他又想让自己从这让人晕头转向的愉快里挣脱出来，冷淡地不去相信关于那目光和那个女孩儿的事儿，把它当成错觉、自己幻想出来的东西。

这时，他突然听见有人叫他的名字，他抬头看见路旁站着一个身材高大的妇女，她正关切地问他是不是没有骑马。

“我没有骑马来，我住的地方很近。”他有点儿吃惊地看着她说。只有一点月光照在她的脸上，而那张脸的轮廓又被围巾遮住了。可他猛然想起来，这个女人在毡包里和他说过话，而且，她和那女孩儿坐在同一张桌子。

“街上兽医站那儿？我知道那个地方。”女人说。

艾山笑了，没有说什么。

“还有一段路呢，”女人又说，“你搭我们的马车吧，我丈夫一会儿就过来。”

艾山本想说“不用了”，但他突然改变了主意，如果他坐上这女人的马车，也许可以听她谈到她……

他谢了她，站在路口那儿和她一起等着。然后，他看见一个壮实的、敞着怀的中年人慢悠悠地赶着一辆没有篷顶的马车过来了，在他后面，侧身坐着一个女孩子，当马车快到他们跟前时，她朝他们招了招手。就像做梦一样，艾山看到了酒席上那个娇小的女孩儿。

“那是我女儿。”那妇女说。

“上车吧，年轻人！”中年男人显然已经醉了，满面笑容地朝他大声喊道。妇女绕去另一边上了马车。他看见那女孩儿往中间挪了过去，于是，他上了车，坐在她刚才坐的地方。

马慢慢跑起来了。车上的地方并不宽绰，在车子微微颠簸的时候，尽管他双手很用力地抓住车缘，他仍会偶尔碰到她。他起初有点儿紧张，他们三个人挤在一起，而他离女孩儿的头发、手臂、衣服都那么近。但他发觉她并不在意，她那么自然、快乐地坐在那儿，有时朝他靠近，有时又缓缓离开他。她那自然的态度感染了他，他不再担心了，反而希望途中能够多一些颠簸。他的双手也不再紧抓着车缘了，在身体每一次自然而轻微的碰触中，在一个女孩儿的气息中，他感到一种从未有过的甜蜜、温暖。而每当颠簸过去，他们之间重又有了空隙，他就感到失落。没有人说话，只有赶车的男人不时和马吆喝着说上一两句。突然，女孩儿用手肘轻轻碰了碰他，说：“他和你说话呢。”

艾山从恍惚的意识里醒过来，听到赶车的汉子在讲他的牛得的奇怪病。但他也不确定男人是否只是和自己一个人讲。他有点儿费解地看看那女孩儿，那女孩儿也看着他笑了。

艾山对那男人说：“带它到兽医那儿看看吧，牲口有病要尽快治，怕它传染。”

男人说：“是啊，是啊，要去看看，牲口有病一定要去给它看，牛马不会说话，也不知道它们哪里难受，比人更可怜。

我自己呢，就从来不看病，我这辈子还没有进过医院，真主保佑。”

女孩儿却凑近艾山耳边小声说：“去年肉孜节的时候他喝醉了，摔伤了腿，我们带他去过城里的医院。”她的语气和动作里都透出一种熟悉的亲昵。

接下来，又没有人说话了。艾山望着前面，月光下的路像一条银灰色的带子，远处的草原是一片巨大的暗影，隐匿在苍茫之中。体型匀称的马儿踩着碎步紧跑着，一切白日赋予的颜色都模糊、消失了，草原的气味在夜里却更加浓烈而单纯了。带着一股有点儿昏沉的醉意，艾山看到的一切仿佛都带着虚幻般的美好。车子慢下来了，晃晃悠悠地停在了一个地方，艾山这才发觉已经到了诊所院子的门口。他慌忙跳下车，和这家人告别了。

他走回小屋里，对刚刚的经历还有点儿将信将疑。这仿佛是个美梦，这么说，就像他渴望而又不敢想象的，他刚好和他要寻找的那个姑娘坐在同一辆马车上，而且，她还对他说话，他们像小孩儿一样无拘无束地靠在一起。有一会儿，他呆呆地站在桌子前面，回想着在昏暗的夜光中的她的脸庞，衣裳的暖意，还有那条往远处延伸的路……那么美好！这都不像是真的，却是真的。他不知道在桌子前面呆立了多久，然后他醒转过来，于是走到门后的那张椅子那儿坐下来。在那儿，他又发呆了，坠入到没有止境的回忆和幻想中去。他想到他骑着马去了她家，她把他迎到包里，他们在那里面坐着，只有他们两个，她穿着冬天的厚厚的袍子，眼睛在炉火跳动的影子里显得更黑了，她的小毡鞋几乎碰到他的皮靴子；他们又仿佛坐在同一辆马车上，但那是另一辆马车，另一个旅程；他还看到她正站在一个洁白崭新的毡包前面，晾着衣服，衣服被风吹得鼓鼓的，像是要飞走了一样。他想到恋爱、结婚、未来的生活，这些事说起来多么平淡无奇，这就是他的父母、他的兄弟都经历过的，可它们又是多么奇特。这一切仿佛突然之间离他很近了，而以往他却觉得很遥远，遥远得他都不愿去想象。

他终于站起来，走到外面去了。这间小屋太局促了，似乎盛不下他那不着边际的幻想和激动的情绪。他去井边打了一盆水洗了洗脸。他回到房间里，脱掉身上那件白色袍子，换上了一件平常穿的厚布袍，在床上浑浑噩噩地躺了一会儿。然后，他发现自己又站在院子的大门口了，就在他刚才下车的地方。眼前是一条白净、单薄的小路，两边孤零零的几间平房店铺都藏匿在沉沉的阴影之中。他猜想那家人已经到家了，马儿在棚子里拴好了，嚼着草，毡包里各处的灯都熄灭了，女孩儿已经躺下了，可能正沉沉地睡着，也可能仍然睁着她那双可爱的眼睛。如果他知道她所在的地方，如果那个地方是他能够走到的地方，他现在就会往那儿走去，哪怕走上一整夜，走到明天早晨。这时，艾山才想起来，他对于这家人一无所知，他没有问他们的姓名，也不知道他们住在哪儿。他不禁感到懊恼，但这也没有冲淡他那有点儿晕眩的幸福感，他已经像个恋爱中的年轻人了，而对于这种人来说，仿佛一切的困难都可以抛诸脑后。

第二天凌晨，当他终于在床上躺下来的时候，他用了很长的时间想找一个适合她的名字：阿拉木汗、帕拉黛，还是古丽夏提？似乎更像是巴哈尔古丽……于是，他最后决定叫她巴哈尔古丽。

他不知道怎样过了那两天，一切其他的事情，一切眼前所见，仿佛都从他的眼睛和脑海里飘过去，留不下一点儿痕迹。第三天，艾山晚饭后去找阿克木的小儿子帕尔哈特，在他看来，这年轻人热情能干，而且似乎很愿意和他做朋友。帕尔哈特很高兴，他又带艾山去找另一个年轻人，要把他最好的朋友阿里木江介绍给他。他们在阿里木江的家里坐了一会儿，喝了两杯酒。帕尔哈特想到外面逛逛，这也很合艾山的意，可他们一直拿不定主意。后来，阿里木江说，这么大的牧区，去哪儿不能走走呢。于是，三个年轻人从围栏里各选了一匹马。阿里木江还带上了酒和热瓦普，帕尔哈特对艾山说，阿里木江是这一带最会唱歌的人。

他们往牧场的北面走。天上堆积着小朵的、瓦片般的云，但月光仍然很清亮。草场上交织着银子般的月光和一些奇异的阴影，似乎还笼罩着一层淡得看不到的雾气。他们时缓时急的骑着马，并没有一个明确要去的地方。阿里木江是个充满活力的年轻人，他喜欢突然停下来，朝着远方喊两声。每当这个时候，帕尔哈特就会对艾山说：阿里木江亮嗓子了，他要唱歌了！可阿里木江并没有唱。他们不知道骑了多久，中间经过一些坡度柔和的高地和山坡，还经过了两三个牧人住的毡包。后来，马儿来到了一条很浅的小溪边。他们在那儿下了马，让马自己去喝水。

三个人就在溪边找个地方坐下来，把阿里木江带来的酒传着喝。过了一会儿，阿里木江终于弹着热瓦普唱起歌来。慢慢地，帕尔哈特跟唱起来，艾山则被阿里木江的声音和那些歌深深打动了。他痴迷般地听着，不唱也不说话。在他的脑海里，他刚刚走过的路和那天夜里他在颠簸的马车上看见的路重叠起来，这条路又仿佛是他为了要去寻找她而走的路。他想，他不正是因为她才和身边这两个可爱的年轻人走这么长的路、然后坐在这里吗？在路上，他一直想对他们说起她，说起那天晚上发生的事。这两天，他生活在怎样幸福却又焦躁不安的情绪中？一个人孤独地藏着这热切的秘密，这实在难以忍受。但现在，他那想要诉说的强烈欲望却平静下来了。阿里木江的歌声似乎把他带到远离语言的世界里了，在那里，他那可怕的孤独被融化了，他沉浸在倾听和想象中。而在想象里，他成了一个破衣烂衫的骑手，走着无休无止的路，只为找到那个躲藏起来的姑娘。

不知道为什么，他想起他母亲，想象着她年轻时候的样子，她经历过的那些爱慕、追求、思念……他把这美好的事联想到他认识的每个人身上，正在唱歌的阿里木江，像小孩儿一样轻轻拍着手跟唱的帕尔哈特……他联想到过去和未来，各个年代的人，各个地方的人，死去的、活着的、还未曾来到世间的人，无论窘困还是安逸，无论生活卑微或是出身高贵，他们都有那精细入微的能力感受爱，他们都会幻想爱、经历爱，他们会和他一样因为爱带来的欢愉和折磨在一些夜晚难以入眠，在白日里却又昏沉恍惚，这种美好的东西从不曾从世间消失过，这是多么不可思议！于是，他觉得那个美梦般的夜晚、还有这月光下的草原、这露珠的湿润、乐器的动人、马儿的忠诚、溪水发出的亮光、人脸上那突然闪过的幸福忧伤表情都不是毫无理由地存在着，这一切，也许就是因为爱，因为它作用于世间的每个角落、发生在每一个人的身上。

年轻人喝完了酒，收起热瓦普，要往回走了。他们不知道时间，但从月亮在天空中的位置看，已经是后半夜了。潮润的夜气就像沁凉的井水流遍了草原，风完全沉寂了，连天边那几颗星星也仿佛昏睡了。路上，他们比来的时候沉默了一些，各自想着心事。而艾山想的是，尽管他毫无线索，甚至也不知道如何向别人问起，但他总会找到他的巴哈尔古丽——那娇小的她。她那双灵活的眼睛，她的柔软飘动的衣服，她曾碰过他的手臂，她的前头翘着新月般尖角的小毡靴，这一切就在某个地方等着他。带着这有点儿盲目的乐观信念，他在马背上低声唱起了歌。

2010 年 12 月 30 日于休斯敦

我们埋葬了它

事情全都因为我们那讨厌的舅舅，一个脸尖、眼睛小的坏蛋。他是个到处闲逛的“浪荡子”（我妈妈以前总是这样叫他）。那天下午他经过我家，看到我们的老母羊和它那唯一被留下的小羊。小羊正挨着它的母亲在睡觉，除了它的眼睛和鼻子都有点儿红，我们谁也没有看出它有什么不对劲。它还很小，像婴儿一样，喜欢睡觉。我和姐姐就蹲在羊栏外偷偷地看它，我们闻得到它身上的奶味儿。有时候，它会在睡梦中发出轻微的“咩咩”声，我们猜想它做了个梦。而它的妈妈，我们可怜的老母羊，它用两只前蹄环成一个圈，圈着它的孩子。它几乎一直在用下巴轻柔地蹭着熟睡的小羊，我们猜想这和妈妈拍着我们那熟睡的小弟弟是一个道理。我们蹲在羊栏外的时候，它会偶尔抬起头，用安静的、浅黄色的眼睛看看我们。

我们可怜的老母羊，它如今只有这一个孩子留给它了。其他的三只小羊都被买走了。在距离我们村子不远的一个大路口，有钱的人们在那里建了一个吃饭的地方。那地方被很高的、用干净的灰砖砌成的围墙围住了，大门是红色的，上面还有金色的、凸起的铜钉。我们村子里的人是绝对不敢走到那扇门里面的，因为那扇门外总是停着好多辆小汽车。我们曾经站在很远的地方透过半开的门朝里面看，我们看见被修剪得一样高的小树，五颜六色的花，还有池塘和小桥。后来，突然有人来各个村庄收集还没有断奶的小羊，他们出的价钱很高，村民们就把小羊卖给他们了。后来，我们才知道那些小羊并不是被买去养大的，它们被带到那个院子里杀了，然后，它们被一整个地串在巨大的铁叉子上烤。所以，它们放在有钱人的桌子上时，还是一只小羊的模样。我们再不愿跑到那院子的周围玩耍、朝里头偷看了。

村里人知道了这个真相以后，都“啧啧”地说作孽。在村里，没有人能想象这种事情，因为我们太熟悉这些牲口了，我们看着它们产下小崽儿，我们知道它们和人一样疼爱自己的小孩儿。但村里人还是会把小羊卖给那些人。我爸爸也跟着他们这样做，虽然他很想把这些小羊都养大，让我和姐姐带它们去坡上吃草。连妈妈都有些不忍心，但父亲生气了，他说“谁叫我们穷呢”。爸爸总算同意给老母羊留下了一个小崽，那三只呢，它们被收小羊的人扔进一个大篓子里，凄切地一路哭泣着被带走了。我们不敢想象……而那可怜的老母羊呢，它因为被夺走的孩子而尖厉地哭叫了一天一夜，让我们没法睡着。

我们那个到处浪荡、专门和坏人混在一起的舅舅那天突然来了。他只是经过，却赖着不走，要了一碗水，然后就坐在院子里那棵槐树下抽烟。我和姐姐都不想和他说话，因为他曾一脚踢死了我们的大公鸡花花。有天夜里，他喝醉了，不知道怎么逛到我们家。也不知道为什么，他突然和我爸爸吵了起来。我和姐姐赶紧从床上爬起来，把将我们的小屋和堂屋隔开的布帘子偷偷掀起一角往外面看。我们看见舅舅的脸像一块红炭。妈妈走上去拉他，他却把妈妈狠狠地推倒了。我们两个吓得哭起来。后来，他冲到了院子里，把我们放在院子里的箩筛、木桶、瓦罐全都踢翻了。这时候，花花突然响亮地叫了一声。我们看见它在夜色中坚定地站在低矮的土墙上，向着这个闯入我们家里发疯的人"喔喔"叫起来。我和姐姐都惊呆了，花花似乎在向他示威，警告他不要在别人家里干坏事。但我们随即开始恐惧，那个疯子正朝矮墙走去。当他快走近的时候，他放慢了步子、屈下身子，两只手偷偷摸摸地向前伸，想要卡住花花。而英勇的花花突然飞起来，稳稳降落在院子里。舅舅开始疯狂地在院子里追逐花花，花花虽然勇敢，但它毕竟只是只公鸡。狡猾的舅舅堵住了它的所有去路，将它逼进墙角里。我们看见他狠狠地朝花花踢过去，我和姐姐"哇"地放声大哭。我们相信，花花的心一下子就被踢碎了，因为它再也没有叫一声。它的一些鸡毛在夜色里飞舞起来，就落在我们身边。第二天，我妈妈把花花那些美丽的毛都褪了，把它洗干净煮成一锅肉和汤。我和姐姐虽然无比伤心，但我们还是把花花吃到肚子里了，我们都很久没有吃过肉了。我一边吃一边忍不住流泪。妈妈说："别哭了，快吃吧。花花也不会怪罪我们的，我们是穷人，我们不能抛洒东西。”

那天，舅舅来了，他抽完烟，突然注意到我们两个。他也走到羊栏这边来了，在我们旁边蹲下。我们提防地看着他，他却只是盯着小羊。他看了一会儿，把手伸进去粗暴地掰开小羊的一只眼。我们惊讶地看着他，他完全不看我们。他又掰开小羊的另一只眼，我们听见小羊难受地叫起来，老母羊几乎可以说是惊慌失措啦。后来，他站起来走了。我和姐姐都松了一口气。但过了一会儿，我们就听见他在和爸爸讲话。他说这只小羊得病了，熬不过三天，你们没有发现它蔫了吗？爸爸说它倒是这两天一直睡觉。舅舅说他也帮人家收过羊，他一看就知道，这家伙活不久了。你看看它的眼就知道了，他说，它快死了。那怎么办呢，爸爸好像突然没了主意。舅舅说，趁它没死，赶快把它宰了，死了就不能吃啦。他又叫爸爸明天就把它宰了，他替他找个卖羊肉的贩子卖掉，死了就卖不掉了。爸爸说，不然他去找个兽医来看看。舅舅突然骂起爸爸来了，说如果兽医一来，全村的人都知道羊生病了，到时候怎么卖，他一看就看出来了，根本不用请兽医来。爸爸默不作声了。爸爸总是这样，他从来都不敢用对我们说话的口气对舅舅说话！

舅舅终于走了。他说的话却像晴天霹雳，让我们全都懵了，要过好一阵子才知道到底发生了什么事。我和姐姐听见爸爸妈妈在商量宰杀小羊的事啦，不过，他们好像也下不了决心。到第二天夜里，他们悄悄把兽医引到了家里。兽医也像舅舅一样掰弄小羊的眼睛，然后他就给它打了一针。沉默寡言的兽医走了以后，爸爸和妈妈又开始商量。我们才知道小羊真的病了，而且很可能没有好转的希望了。最后，爸爸决定等到明天下午看看情况。如果小羊打的针还没有见效的话，就要趁黄昏时把它宰了，夜里让舅舅来，把肉处理出去。

我和姐姐躺在那张绳子编成的小床上，我们听见了彼此的叹息，我们都不能入睡。我们怎么能相信舅舅呢？我们更不相信那个像哑巴一样的兽医，他给小羊打针可能只是为了挣钱。爸爸要小羊怎样"见效"呢？本来，我们都没有看出它有任何差错。到了明天下午，小羊又能怎样呢，它要怎样爸爸才不会在黄昏时把它拉到院子的一角、绑住它的四肢、不顾它的极度惊恐和无力挣扎，而割断它的喉咙呢？我们的老母羊呢，它会怎么样呢？我们确定它能听见小羊凄厉的呼救声，它会看见它的孩子流到地上的血，它会怎么样呢？我们一想到老母羊将眼睁睁地看着小羊被绳子捆绑着四肢、在要杀它的主人手里挣扎，我们的心都快碎了。我们听见另一间屋里，弟弟哭醒了。姐姐终于告诉了我她的想法，她说我们不能让已经得病的小羊再挨上一刀，如果它死了，我们就把它埋葬了。

第二天上午，除了给小弟弟洗尿布、把玉米晾在院子里阳光最大的地方，我和姐姐几乎一上午都蹲在羊栏外。我们不敢说，但我们用目光哀求爸爸，希望他能忘记昨天听到的那些坏话。我们希望小羊突然不想睡了，活蹦乱跳地在羊栏里东冲西撞。另一方面，我们又希望它尽快地死去，在睡梦中忽然就没有了呼吸。但我们的希望都落空，它睡得昏昏沉沉，连吃奶这件事儿乎都忘记了。我们生气地对妈妈说，那个兽医一定是给小羊打了什么坏药，它快被毒死了。妈妈却说，看来舅舅说得对，这只小羊真的不行了。我们偷偷向妈妈请求，不要杀死它了，它是老母羊唯一的孩子，或许它自己又会好起来。妈妈却为难地说，爸爸根本不会答应的，她也不想杀它，但趁早杀总算还能卖点儿钱。

下午的时候，我们绝望了。爸爸吃完饭就去借了一把宰羊刀，在一块石头上把它磨得锋利。爸爸说，他是不高兴杀这些东西的，尤其是小东西，但是儿子没有长大，还是得自己动手。爸爸说这话的时候还看了我一眼，姐姐也看看我。她怎么想呢？难道她以为我会像爸爸期望的那样，长大了替他来做宰杀小羊、小猪的工作？我在心里狠狠地对爸爸说：不会，不会，你别想啦！我们就站在爸爸身边，当他坐在水井边磨刀子的时候。我们绝望地看着，好像在等待什么奇迹。什么奇迹呢？刀子突然飞走了，石头突然融化掉，爸爸突然被神仙啊或是什么精灵啊给抓走了，他正束手无策地坐在云彩上向我们呼喊，而我们听不见他……爸爸磨好刀就去找舅舅了，他似乎有些不放心，反正有些事情上他好像不敢做主，这种时候，他就去找我那个坏蛋舅舅。而我们的妈妈，她抱着小弟弟去别人家了。

我们俩终于抱着小羊上路了。我们又快乐、又恐惧。小羊严严实实地裹着姐姐的一条厚头巾，这样它看上去一点儿都不像羊，像一个小婴儿，但它不会不停的哭闹。它起初不习惯我们这么抱着它，挣扎着叫了几声。我们俩只好假装大声吵闹，压住了它的声音。等我们走出村子，我们就没有那么害怕了，但这时候它已习惯了我姐姐的手臂，它安静地闭着眼睛。它真的要死了吗？而如果它不死，我们该怎么办呢？

我们这个村子周围有那么多的树林、小山坡，这里有让它吃不完的小浆果、树叶、青草，但它却要死了。我们安慰它，我们答应好好照顾它的母亲老母羊。我们将给它足够的食物、清水，一次也不会漏掉，我们也会经常带它出来走走，这些小山坡、树林可是它长大的地方。你的妈妈，我们对小羊说，虽然很老了，但它以前可是一只欢蹦乱跳的羊，它常常趁我们一不留神就跑得没有影儿，我们不得不满山坡、满村子地找它，嘴里不得不一直“咩咩”学羊叫呼唤它。因为它的顽皮，我们过去常常挨爸爸的骂，我们太生气了，只好拿个树枝给它几鞭子。唉，对不起，我们打过你的妈妈，不过我们太生气了才会这样，这样对它好，如果它跑丢了，可能会被野狗吃掉。我们的爸爸，哎，他并不是坏人，这都是因为我们太穷了。一只鸡为我们而死了，我们却只能把它吃了，我们不能浪费东西，既然它已经死了，我们不能再把它的肉扔掉。

我们抱着小羊，走了很久。周围那么多的树林、山坡、小河湾，我们要在哪儿给它找一个安息的地方呢？我们总是想：前面那个地方会更好吧。于是，我们就一直在路上走着。对于小羊来说，它一定走了一段很颠颠簸簸的长路，而我们还一直不停地和它说着。我们给它讲了那么多东西，因为我们知道它就要死了，它没有机会知道这些东西了。这种谈话使我们两个几乎觉得自己也慢慢变成了羊。我对姐姐说，就在这儿给它喝一点儿水吧。这时我们来到了一处长满青草的、浅浅的水湾。姐姐用手心捧着水，送到它的面前。它一定是嗅到了水草的味道，睁开眼美美地喝了几口。等它喝完水，姐姐说，我们就在这边给它找个地方吧，这里有水喝。

我们四处看一看，看中了一个小山上的斜坡。阳光刚好照在那上面，长成一排一排的小杨树都变成了金黄色，还有草，坡上长着厚厚的、像丝绒一样的草。我们抱着小羊走上那个草坡，把小羊放在最绵密的草丛上。它缓缓睁开眼打量了一下它的新家，我们听见它的鼻子发出的微微的气息，我们相信它正在使用最大的力气吸这些青草的味道，它知道我们为它做的一切。

我们坐在草坡上等着。过一会儿，我和姐姐找到一个平滑的草坡，顺着那丝绒一般的草滑下去。然后，我们再爬上来，又滑下去，笑着叫着，忘记了我们的恐惧。我们还顺着斜坡一直走到了小山顶，从那里可以看见烟雾缭绕的、我们的村庄。周围的小山顶都映照着阳光，那些纵横在草地上的小水湾就像一条条闪亮的带子。我们好像第一次得到了自由一样观看这些我们早就熟悉的景色，感到风和云彩都离我们很近，我们不禁朝着下面和远处喊了起来。

等我们再回到草坡上小羊等待我们的地方时，我们发现小羊已经没有声息了。我们突然发现舅舅说得那么准，它就在舅舅所说的“第三天”死了。正如我们希望的那样，它在天黑之前就死了。如果它一直活着，我和姐姐真的不知道该怎么办。我们该把它藏在某个地方，偷偷喂养它，直到爸爸相信它不会病死吗？还是我们再把活着的它抱回家，交给爸爸？或者我们两个就守在这里，度过夜晚、黎明、上午，等着它死去？但它没有给我们出任何难题。

我们开始给它挖个小坟，我们用石块、粗壮的树枝和双手。幸好它是一只小羊，我们只需要挖个小土坑。但姐姐说我们要挖得深一些，以免那些野狗闻到它的气味儿。我们捧着湿润的泥土盖在它身上，我们这时才深深地觉得它死了，我们不可能再看它睡觉、抚摸它那温暖的皮毛了。它已经死了，但对它来说这是好事儿，它在这儿不会遭受那些恐惧、疼痛和侮辱。

我们又在平上的泥土上面洒上树叶、青草还有一些野花。我们仔细地做这些工作，最后我们累坏了，坐在地上呆看着这个小小的、没有圆顶的坟。我们做了什么呢？我们埋葬了一只小羊，对我们来说，它是个朋友、老羊的孩子，可对爸爸妈妈来说呢，它可以是很多钱。而我们把它埋在了泥土深处，还在上面插上像小旗子一样的、泛着金黄的小杨树叶，那些树叶正在风中摆动着。哎，我们做了什么呢？

然后，我们朝山坡下走去。我们走过河湾、又一些山坡和那单薄的、小块的平原。我们走在菜地里的垄道上，一会儿我们又顺着田里的灌溉渠走着。恐惧就像夜色一样在我们心头聚积，压迫得我们一句话也说不出了。

姐姐拉着我的手，当我们看到村边的几座房子时，我忍不住哭起来了。我们下午从草坡上往下翻滚的快乐、我们站在山顶眺望远处的自由全都没有了！每个人现在都在家里等着我们，舅舅、爸爸、妈妈和总是哭泣的小弟弟。他们会怎么惩罚我们呢，用棍子还是皮带？我知道我姐姐也恐惧得要命，她拉着我的那只手不住出汗，湿漉漉的。但姐姐她没有哭，她就那样拽着我慢慢地走进村子，好像她将为我承担一切。而我还在想，我们怎么跟爸爸说呢，就说“我们埋葬了它”吗？恐惧使我双腿发抖。我紧紧拽住姐姐，眼泪不住滚落下来。我哭着，而风声也很大，它淹没了我的哭声。

2007 年 11 月 30 日于新加坡

如火的八月

1

这一年的八月异常炎热，蒸腾的热雾绕在山间，昼夜不散，像黏附在空中的厚尘。山上的草木晒得翻卷着叶子，石头在日光下闪闪发亮。

人们都躲在家里，在乌突突的砖墙深处掩藏着一张脸。天黑了很久以后，才有人走出来，坐在屋檐下等风。可村子被群山死死围住了，风被挡在不知道什么地方。热气钻进人的鼻子里，鼓胀在喉咙里，使人窒息。

这样的天气，春光依然出门。她穿着无袖的夏衫，把头发高高地绑起来。她从家里走出来不一会儿，上衣便湿透了，裹在身上。她像一条被绑起来的湿漉漉的鱼。头顶的阳光和大路的反光使她无法睁开眼，她眯缝着眼睛一路往那个地方去。焦脆的草在她脚下碎成粉末，火热的石头隔着凉鞋烫她的脚。她走进一个山洞，眼睛突然间什么都看不见了。这时，有人走过来拉住她的手，慢慢地，她又能看见了。她看见亮子赤着上身，身上汗水发着微微的光。亮子带她往山洞深处走，他们踩在湿滑的石头上。到了一个地方，几线发丝一般细弱的阳光从上面的石头缝隙间飘下来。亮子递给她一个水壶。当她仰起头喝水时他把她的鞋脱了，把她的脚放进一盆清凉的水里。然后，他把她的上衣也脱了，她坐在那儿，感到身上渐渐凉快了。

春光几乎每一天都出门，和她从小就相识的亮子在山洞里约会。没有人管她，她的父亲早死了，母亲整天在地上扔一条凉席，像病人一样躺卧在上面。她只要春光做好三顿饭，管好地里的活儿，况且，她的盒子里锁的是春光挣来的钱。所以，她从不敢冒犯女儿。春光每次出门的时候，她就闭上眼睛装睡，害怕不小心冒出讨嫌的话。

春光做得了自己的主。这个夏天，她做主把自己给了亮子。亮子还不敢相信，他问她："那两次，你真的都逃了？"

春光得意地说："我这么聪明！这次你信了吧？"

"怎么逃的？"

春光把她哥教的那套小花样讲了。他们两个笑了起来。

亮子搂着春光，两个湿乎乎的身子粘在一起。她头发里散发出浓烈的汗味，亮子却觉得那气味好。他不笑了，看着春光的眼睛，不停抓弄她的头发，把脸钻进她头发里。

"你不怕吗？"他问她。

"有点儿怕。"她想了想，说，"换了你，你也会怕。"

亮子搂住她说："那以后别去了。"

“怎么啦?”

“我担心，要是给买家抓住了，会吃苦头的，那些老光棍最心狠。”

“我再干两次，我和我哥说过了，干够四次。”

“我不想让你去。”亮子松开春光，仰躺着，针尖一样的光点就在他头顶上晃动。

春光奇怪地看了他一眼，说:“你去年也说过这样的话。你还不信我?”

“总有一天会出事儿，不可能每次都这么顺。”

“再说，为什么还要跑，你都和我好了?”他问。

“我和你好，你攒够钱了吗?”春光笑话他。

“我没有钱，但你和我好了以后我会多挣钱。”亮子低声说。

“怎么多挣钱，修个破车能挣多少钱?”

“我也能出去打工呀?”亮子辩解道。

“我想再多挣点钱，到时候我们去县里做个小生意。”春光不听他说，自己幻想起来。

“不好，我不想让你靠这个赚钱。”

“靠哪个?”春光生气了。

“我不想让人家占你的便宜。”亮子也大声说。

“占什么便宜了，死脑筋。”

“我不信人家没有摸你。”

春光狠狠推了亮子一把，亮子又扑上来，把她压在身体底下。她看见亮子的眼睛发红发亮。亮子说："你是我的，我不让人家碰你。"春光抽出一只手，打了他一巴掌。

2

在镇上学修车的亮子到了该回去的时候没有回去。他知道春光又要出远门了，全村的人都知道。有人开玩笑说春光要第三次出嫁了。

春光的哥哥捎信回来，说他挂上了湘南那边一个买主，人家愿意出六千块，让妹妹赶快进城找他。春光得到信儿并没有马上动身，她母亲却躺不下了，在里屋外屋进进出出，装作给她准备行李，变着花样催她动身。

春光知道亮子没有走，她好几天不去山洞里找他了。她知道他就在她家附近，她经常听见他的脚步声和哨子声，但她不出去。她喜欢亮子，也知道他从小就喜欢她，可她不想让谁做她的主。

这一夜下雨了，闷热潮湿的雨。春光很早就躺下了，却一直睁着眼睛。她听见亮子飘飘忽忽的嘘哨声，知道他又来了。下着雨，不知道他站在哪儿避雨。她想起第二次随哥哥出去跑婚骗钱，亮子在路上截住他们，和哥哥打了起来。后来，亮子被哥哥踢到路边水沟里了。春光跟哥哥走了，她回头看了一眼，看见亮子挣扎着从水沟爬上来，身上沾满湿泥，像一条受伤的狗。她恨他的固执，但恨他的时候，她总会想象他满身湿泥爬上岸，向她爬过来，眼睛里是哀求和怨恨。于是，她那像石头一样的心裂开了一条缝。她为亮子掉眼泪，也为自己的狠心掉泪。但是，天长日久的贫穷煎熬出了她的凶狠和野性，她很早就认定自己可以为了吃一顿饱饭去偷去抢。

嘘哨声又响起来，声音尖利又有些颤抖。春光突然有些害怕，她感到这个亮子的心和自己一样硬。春光睡不着觉，她穿起衣服，来到正屋的檐子下。雨水"嘭嘭"打在房子上、树叶上。她看到夜是亮的，天空高处隐隐有一片白光，那是白色的雨水飘下来。她准备给亮子开门，但想了一会儿，她还是回去了。她又断断续续地听见嘘哨声、鞋子踏水的啪嗒啪嗒声，她倾听着，不停猜测他在哪儿。后来，她听见脚步声就停在墙外，她警觉地坐起来，很快听到一声重物落地的闷响。

春光摸到院子里，赤脚踩在温乎乎的积水里。她感到脚底滑腻的泥，一股想和亮子纠缠的欲望在她身体里猛然闪过。亮子立在墙角那边，像一株长在黑暗中的植物。春光走过去拉住他的手，他们像猫一样无声无息地溜进房里。亮子湿透了，春光脱掉他的衣服，把衣服上的水拧进一个搪瓷脸盆里。她又出去找一条干毛巾擦亮子的身体和头发。

"你从家来吗？怎么淋这么湿？"她故意说。

"我就在外面，"亮子声音嘶哑，目光炯炯地盯着她，像个发烧的人，"你没有听见吗，不给我开门，还问这些话。"

"听见什么？"春光看着赤裸的亮子，他的皮肤在夜里发光发热。春光又感到那种欲望，她开始拨弄他潮湿的头发，往他身上靠。

亮子抓住她的手，说：“你真没有听见吗？我在外面来回走，还打哨子。”

“没有。”春光说，“我快睡着了，你跳进来的时候我才听见。”

亮子不说话了，他用力捏春光的手腕，她不叫也不挣脱。

“你别再骗我了，春光。”亮子松开手，他眼角闪出泪光。

春光不再辩解了，她搂住亮子的脖子。她咕哝着“没出息的，不害臊的，还哭？”一边把亮子的头往怀里拉。

“你妈呢？”亮子小声问她。

“管她呢，她睡啦。”

春光把亮子拉到她身上，感到在男人身体里流过的浊重的气息。她感到畅快——在他的汗水底下呼吸。

他们躺在小床上，听到老鼠在屋顶的某一处追逐啃咬，听见外面忽紧忽慢的雨声。

春光闭着眼，她感到燥热憋闷，房子里还有一种陈旧霉烂的味道，刺人的鼻子。她突然想起她在城里吃过的冰激淋。那是哥哥第一次带她出去骗亲，哥哥从那个四十多岁的瘸子手里接了三千块钱，还有一块表。夜里，她对男人下了迷药，然后翻院墙逃了。哥哥在说好的地方接她，他们坐上一辆包下的三轮车，当夜坐长途车回西川了。到城里的时候，哥哥带她去了一家冷饮店，她第一次看到那么好看的墙壁、桌子、杯子，还有雕花的天花板。他给她叫了一杯冰激淋，上面还放着切开的、鲜红的草莓。后来，她每一次进城都要吃一次冰激淋，不管是夏天还是冬天。她迷上了那一股甜腻的奶味，她想每一个吃过苦、挨过饿的穷孩子都不会忘了那个味儿，因为那就是“饱”的滋味儿。

“你不去了吧？”她突然听见亮子说道。

她沉默不语。

“不去了，听我这一次。”亮子央求她，翻过身儿对着她。她看见了他的眼睛在黑暗中盯住她，等她说话。

她知道她不会答应他，可她说不出口。亮子让她觉得可怜，他总是不懂得替自己打算，天天围着她转。

“亮子。”她轻轻地喊了他一声。

“嗯？”

“你吃过冰淇淋吗？”

“吃过。怎么啦？”亮子问。

“没什么，问一问。你喜欢吃吗？”

“说不上来，也没有很喜欢。”

过了一会儿，春光突然说：“亮子，你去找别的女人吧。”她的声音柔软，因为她的脸仍然伏在亮子的胸脯上。

“我不找别的女人。”

“我又不好，你非找我干嘛？”

亮子不答话，春光昂起头，看见他的眼睫毛在黑暗中忽忽闪动。春光把手掌心轻轻对准眼睫毛悬在他眼睛上方。她笑起来，亮子的睫毛故意扑闪起来，刮得她手心痒。

“你说呀，”她又问，“你没有和别的女人好过吗，你敢说你没有？”

“没有，”亮子又抓住她的手腕，“我只想要你，只要和你好，谁也不要。”

“骗人的。”春光想把手腕抽出来，亮子却捏得更紧了。

“你真狠。”春光说。

“我没有骗人，我只和你一个人好过。”

外面雨声突然密起来，两个人并排躺在枕头上听着。雨打在某一处的棚子上，发出好听的“嘭嘭”声，雨又噼啪地打在树叶上，砸在瓦檐上，在大小沟渠里汩汩流淌，汇集成一片嘈杂的声音。但似乎又很静，静得连每个人的喘气声都非常清晰。

“要是我跟人家走了呢？”春光问。她的眼睛向上望，盯着黑暗的深处。当她习惯了，她发现那里竟然有微弱的亮光。她真的在想这个问题，她和亮子或许是不该在一起的。

“我不让你走。”

“要是我非要走呢？”

“我就杀了你。”亮子清楚地说。

“你真狠。”春光相信他的话，所以她叹了一口气。

“你呢，你不狠吗？我等你多少年了，你又说要跟人家走。”

“我并没有跟人家走，我只是问问。”

“问问……”亮子重复了一遍，低沉地笑了一声。

他们挤在春光的那张小床上睡着了，梦境里仍然充满稀稀落落的雨声。亮子被热醒了，身上满是汗水，他朝外面看了看，看见窗户透进来淡灰色的晨光。他听了听，雨像是停了，只有雨水的残滴不时从某个地方滑落，打在某个坚硬的表面，或是落进一汪积水。春光向他侧面躺着，他看了她一会儿，她像一个熟睡的大孩子，几丝头发粘在脸上，吹出热乎乎的气息。亮子轻轻推春光，春光醒了。

"我得走了。"亮子对她说。

春光眯着眼朝窗外看了看——天蒙蒙亮了。突然传来一声嘶哑而拖长的鸡鸣。

春光在正屋里站了一会儿，确信妈妈房里没有动静，才回来叫亮子走。亮子穿好衣服，耷拉着腿坐在床沿儿看春光。

"快走吧，你。"春光低声催他。

"春光，"他又把她拽过来，说，"你都答应我了吧？"

"答应什么？"春光瞪大眼睛。

"不去呀，别去找你哥。"

春光看着他，他眼睛肿了，脸色是灰的。

"让我再想想吧。"

"还想什么？我不让他再把你卖了。"亮子又来搂她。

春光觉得压迫，便挣出来。他们互相看了一会儿。外面传来一阵起伏的鸡鸣声，天光又白了一层。

"亮子，你先走好不好。"春光有些急了。

"你答应我，答应了我就走。"他坐着不动。

他们僵持了一会儿，亮子终于站起身，他俯视着春光说，“你的心跑野了，是不是？”

春光不说话，她也冷冷地看着他，看见泪水在他眼里汇聚成一汪亮光。

“你快把我逼疯了，你不能为我……”亮子浑身发抖，他说不下去了。

“是你逼我……”春光小声说着，却抓过亮子的一只手，把它紧紧贴在自己脸上。

“别哭了，”她安慰他，“好了，别哭了，我答应了。”

春光带亮子出来，她走在前面，轻轻打开院门。

“快走吧。”她说。

亮子又抱住她。

“快走吧。”她笑了，轻轻推开他。

“那我走了。”亮子摸了摸她的脸。

“嗯。”春光把头伸出门外看了看，“路上刚好没有人，走吧。”

亮子走了，春光轻轻掩上门，从门缝里露出一只眼睛看他。他好像知道，回头看了好几次。春光走回到檐下，这时，她听见母亲在床上翻身的声音，还有模模糊糊的说话声。

“你醒了？”她故意大声问。

母亲没有答话，屋子里又安静了。

“又说梦话。”春光嘟哝着，一面伸手去接檐子上滑落的雨滴。

3

溽热的黄昏，粉红色的天空中小片的云朵凝滞不动，未蒸完的雨水在山谷深处卷起白皑皑的烟雾。空气浓稠、湿重，人们燥热不安却只能像死人一般呆坐，因为稍一走动就会汗流浃背。

哥哥从城里来电话了，春光只好到村长家接电话。

他生气地问春光怎么还在家里。春光站在电话这边面无表情，半天不回答，只是一声不吭地握住电话筒。

“春光，你在吗?”

“在。”

“怎么了，春光?”哥哥感觉到妹妹不寻常，声音缓和下来。

“没什么。”春光淡然地说。

“那你什么时候来，那边催得很紧。”

……

“我不想去了。”春光终于说道。

“怎么了，家里出事了吗?”

“没有。”

“为什么?”

“不想去了。”春光不愿说，村长的老婆孩子就坐在旁边。

“到底怎么了，是不是因为亮子?”哥哥问。

“嗯。”她觉得也没必要骗人。

“我就知道是他拖你的后腿。”

“……”

“你自己的事要自己做主。”

“我知道。”春光面色发青，汗水把衣服紧紧裹在身上。

“你是怎么想的？你这边存的钱够干什么的？”哥哥质问她。

“……”

“春光，你别糊涂了。你不是想学理发，开发廊吗？我给你看中了一个房子，临街的。现在咱们手头的钱干啥都不够。这笔生意干了，钱就差不多了。”

“房子在哪儿？”

“我住这地方对面那条街，人很多，租金也不算贵。”

“多少钱？”

“一个月两千，还要交一个月押金，还要装修装修呢，再加上请人呢……”

“我知道。”春光低声说。

“你的钱不够，我手头也没有多余的钱。”

“我知道了。”春光突然不耐烦了。

她哥哥一时没答话。过一会儿，他对春光说“你自己考虑吧”，便把电话挂了。

春光走出来的时候，坐在院子里乘凉的村长还问：“春光，要进城了吧？”

春光说：“不去。”

春光不想让他多问，急匆匆走出院子。“不去？不是打电话叫去的吗？”他仍在后面问。春光已来到外面路上，便假装没听见，朝家走去。

家里没有亮灯，黑乎乎的像一处洞穴。母亲坐在院子中央，敞开着大门等她回来。始终没有一丝风。老太太没完没了地摇扇子、哀叹，嗓子眼儿里滚动着咕咕噜噜的浑浊声音。

春光走进来，母亲在黑暗中问了一声：“春光？”她被这蓦然冒出来的声音吓了一跳，后来才发现母亲坐在那儿。她烦躁地说：“是我，不是我是谁。”她走到屋里去了，摸索着脱掉汗湿的衣服，换上一条破烂宽松的裙子。闷热的空气中，蚊子嗡嗡乱飞，直撞到她脸上。她怒气冲冲地拧开灯，双手在空中疯狂地追打蚊子。“春光。”她听见母亲又在外面喊她，却不理会。

她在屋里站了一会儿，身上又冒了一层汗。但她暂时安静下来了，不再追打那些跌跌撞撞的蚊子。蚊子颤颤巍巍的尖细叫声仍然在空气里震荡，于是，她划着一根火柴，点燃床头破碗碴里的一把干草。草的气味渐渐浓烈，蚊子开始往更高处飞，影子投射在墙壁上，像一个个晃动的、巨大的污点。春光站在床头，浓烟把她的眼泪熏出来了。她熄灭灯，在黑漆漆的房间里哭了。然后，她抹干泪走出来，看见她的小旅行包就放在外屋当中的桌子上。母亲早就替她收拾好了，这个东西已放在这儿好几天了。她听见母亲在院子里又唤了她一声，而且喊她的小名儿，她好久都没有这样喊过她了。

她走出屋，母亲说："春光，你坐这儿吧。"春光便走过去坐在母亲身边那张老竹椅子上。人一坐上去，椅子便发出吱吱呀呀快要碎裂的声音，但它一直都没有碎裂，撑了好多年。过去她父亲活着的时候常坐这把椅子。

"跟你哥都说好了？"母亲试探地问，她和春光说话总用这种小心的口气。

"能说什么？不就是催着让去。"。

"说什么时候走啦？"她又问。

"没有说。"

"没有说？"

"就这几天。"春光嫌她烦。

"你不想去？"

"谁会想去？谁想干那种事儿？"春光冷笑着说。

母女俩一时没有话说。外面泥塘里的蛙叫起来，院子里的虫也烦躁不安地叫起来。树梢一动不动，母亲仍气喘吁吁地摇扇子，扇起的风也是烫人的。

"我知道你受委屈，我没有本事，如果你爸……"老妇人停下来，歪靠在椅子上。

"别说了，你别提我爸。"春光厉声打断她。

"要是你爸……"

"叫你别说啦。"春光忽地坐直身子，大声喊道。

母亲愣住了，突然嘶哑着嗓子哭起来："你咒我死吧，都怨我，你咒我死吧。"哭声像一团混沌粘稠的东西。

“别哭了。”过一会儿，春光忍不住说。

“你恨我呢，你咒我死吧……”老妇人仍然断断续续地抽泣，一面念叨着。

“说这种话！谁咒你啦，你看见啦还是听见啦？”

母亲不说话了，慢慢地止住哭声。四下里突然显得很静，听得见露水打在树叶上的声音。微微有一丝风，树梢只颤动一下，院子里还是又热又闷。大门敞开着，她们能看见外面的路，和更远处的漆黑的山影。村子像是死的，没有声音，也没有灯火的亮光。

春光起身回屋了。母亲仍坐在外头。“春光。”她在女儿背后喊了一声，但春光没有听见。春光走进空荡荡的正屋，也不开灯。她站在那儿让眼睛习惯黑暗，很快，屋里的东西都浮现出一个模模糊糊的轮廓。春光走到小桌旁拎起旅行包走进里屋。她拉开拉锁，把所有的东西拿出来一件件查看，然后又放回去。她把整理好的提包放在窗户下面的一张椅子上。从窗户那边，她看见母亲还坐在那儿一动不动。那个黑黢黢的、干瘦的影子让人难过。她看了一会儿，突然喊道：“你还不睡吗？”

母亲急忙转过头应道：“去了，就去睡了。”她拖拖拉拉地把两张椅子拽到檐下。

“我和哥商量好了，过两天就走。”春光站在窗户旁向外头说道。

第二天早上，春光就去找亮子。

“你是明天早上走吧？”春光问。

“是啊，家里一直催。”亮子垂头丧气地说。

“也该走了，老赖在家里。”

亮子笑笑。

“一早走？”

“嗯。”

“我去送你。”

“真的？”

“我在沟口那边等你。”

4

春光起得很早，趁太阳没有出来的时候来到沟口。天空是黎明时候阴阴的青。道路缓缓朝山下盘曲，快到沟口时，能望见下面一片油绿的、平展的坡地。春光坐在路边，身后的树林里仍然湿气弥漫，对面的溪沟从墨绿的水草和石头上流过，水声喧闹，周遭静谧。

春光凝视着暗色的流水。过去，她父亲曾在这条沟里用竹篓打鱼。父亲还养了一群雪白的鸭子，放它们在这里下水。然后，她和哥哥就在溪边的草丛里、石头缝里寻找遗落的鸭蛋。父亲采草药、编竹器拿到镇上卖，给他们买来一分钱一个的水果糖。七岁以前的事情，她只能够记得这些，她的幸福就这么一点儿。那一天下午，母亲又说她病了，父亲便出门找一种药草。天黑了，父亲还没有回来。她和哥哥走到沟口等他，他们就坐在溪边一块大石上等，后来月亮升得很高，他们只好回家了。母亲睡了，他们两个等到很晚也睡了。早上醒来的时候，父亲仍然没有回来。村里的男人在山崖下找到他的尸体，把他抬进家，对母亲说人已经死了。她只记得这些。再后来就是忍饥挨饿，就是耕那些混杂着坚硬石子儿的地，就是在天气变冷的时候也赤着脚跑。几年后，哥哥也走了。

春光不想想过去的事，她要想将来的事。将来，她和亮子要住在城里或是镇上，要每个月都挣好几百块，他们要有个干净的砖房，里面没有老鼠，没有臭虫，他们要吃白净的米，穿没有补丁的衣服，床上铺着海绵垫子。她朝路上望着，阳光突然明亮起来，天空蓝汪汪的像一潭水。亮子终于出现了，他手里提两个布袋子，看见春光就大步跑起来。

他们一起走着，阳光照得树叶、流水和大路都闪闪发亮。亮子经常偏过头来看春光，春光假装不知道。她朝前面看着，走得很快。他们已走进那块平展的坡地，一条小路穿过坡地，两边是被太阳炙烤着的玉米田。天太热了，玉米秆儿都朝一个方向低垂着头，青绿的大叶子可怜地卷曲着。亮子走上来拉住春光的手，两个人牵着手穿过玉米田。路在坡地尽头转一个大弯，绕到一面石崖后继续向山下蜿蜒。

走到一条沟边，亮子突然说："春光，你还记着这地方吗？"

春光笑了，说："记得，你掉进去了。"

亮子被哥哥推进去的时候，里面还积着浅浅的泥水。但现在沟已经干了，长满了茂密的野草。

“还笑？都是你心狠。”

“谁让你像狗一样跟人家。”春光不饶他。

“你若听我的，我便不缠你。”

“谁要听你的？”

“我都是为你好。”亮子看着春光说。

远远地已能看见公路，公路上卷起尘土，远望上去像冉冉升起一层薄雾。八月的天气如火，满山的植物发出浓郁得腻人的香气。

“过两天一定去找我。”亮子又嘱咐了一遍。

“我知道。”春光小声说。

亮子捏了捏她的手。春光突然挣脱，轻快地跑到前面去。

“我去找我哥啦。”她转过头笑着大声说。

“你这骗子，又气我？”亮子不当真。

“你怎么知道我不去呢？要是你走了，我就跑了呢？”

“你不会骗我。”亮子说。他知道春光要做什么就说实话，她从来不骗他。

“我要骗你呢？”春光仍然笑嘻嘻地。

“骗我我把你找回来，再把你杀了。”亮子故意沉着嗓子威胁她。

他们终于来到等车的地方。白花花的公路反射着尖锐的阳光，头顶的天空亮得发暗。春光和亮子站在路边，她不敢睁大眼睛，反光刺得她眼里满是泪水。亮子把手支在她额头上面替她遮光，她反把手推开了。

“我知道你不高兴，不去又不行。我学好手艺，也可以多给你挣钱。”亮子安慰她。

“你能学会个什么，你是个傻子。”春光淡淡地说。

“不是。我要是，你就看不上我啦。”

“去了好好学。”

“你放心。”

车来了，亮子上车走了。他站在过道上向春光摆手，嘴还动着。春光看不出他说什么，她猜他说的是“到镇上找我”。下午，春光带着她的小包也站在同样的地方等车。她回想起早晨和亮子在这里等车，觉得那就像做了一个梦。

5

春光到城里的时候已经很晚了。夜色降临了，但大大小小的灯又把它燃亮了。春光找到哥哥住的地方，哥哥很高兴，要带她出来吃饭。他们逛了两条街，“在这儿吃吗？”哥哥总问她，春光总说，“贵吧？再看看。”后来，春光在一个卤菜店旁边站住了，看着展示在明净的玻璃柜台里的、颜色鲜艳的菜。哥哥给她切了半只烧鸡，带她回到住的地方。

他住的地方是租来的毛坯平房，连墙也没有刷，已经熏成灰黑色。所有的东西都堆在地上，包括切菜板、碗、水壶、小铁皮煤火炉。哥哥和其他五个民工一起住，他们有时候干木匠、漆匠，有时候帮人家掏水道、清厕所。他们什么都干，但还是缺活儿干，夜里睡在一张铺着破席的木板上，却喜欢喝酒抽烟。哥哥带春光回来时，其他几个人正张罗着做饭。哥哥拿出半瓶散酒，要大家一起喝。春光却不让人家喝，她自己霸占着瓶子，吃着肉，痛痛快快地把酒喝光了。人家都笑她，哥哥一脸的不高兴，春光却走来走去地说话。她吵着屋子里又闷又臭，像个猪窝狗窝，不是人住的地方。随后，她来了兴致，问有没有人要买老婆，问有没有人愿意出五千。没有人出声，她便自己降价到三千。

“疯够了吗？”她哥哥猛地站起来。春光怔了一下，指着他骂道：“撒什么野，想管我？”哥哥去拽她的胳膊，她就疯了一样挣脱，又踢又咬。“她喝醉了。”哥哥一面想抓住她，一面对别的人说。春光和他打起来，嘴里骂着粗话，哭叫起来。其他人也上来拉扯，她哥哥大叫着，“拿绳子，找绳子”。果然有人找到了绳子，哥哥用绳子捆住了春光的手，把她抱进屋里，丢在破席上。春光不骂了，只是哭着。哥哥走出来坐在矮板凳上，吃饭的一群都闷声不语。有人说了一句，“还哭着呢。”哥哥便说：“别管她，这丫头发酒疯。”

晚些时候，其他人都躺在木板上睡下了。春光躺的房间里也早就没有了响动。春光睡着了，哥哥悄悄走进去给她解开绑在手腕上的绳子。房间没有门，他把木板横在门洞外躺下，像一条狗守在那儿。他睡着了，然后又热醒了，蚊子从他身上飞走，嘤嘤作响。他睡不着，车从外面忽忽驶过，城市里还是人声嘈杂。春光从来没有哭过，自从爸爸死后，他就没有见她哭过。突然，她在里面发出含糊的说话声，很快又安静了。过一会儿，他听见她翻身儿，还重重叹了一声气。他悄悄走进去，发现她睁着眼睛看他。

“春光。”他轻声喊她。

“嗯？”她果真醒着，却没有动。

“做梦了？”

“我说梦话了吗？”她问。

他没有回答她，反问她：“你口渴吧？”

“渴，头也疼得很。”她软弱地说。

哥哥给她端来水，她坐起来喝了几大口，又把杯子递给他。他把杯子放在了床头的地上。

“哥，我做梦了，”她说，身子紧靠在漆黑的墙上，像一团厚重的阴影，只有两只眼睛里映着微微的亮光，“我梦见亮子来找我。我吓坏了，一直跑。”

“春光也有害怕的人。”哥哥取笑她。

春光不理会，继续讲：“后来亮子抓住我了，掐我的脖子。”

“他不会……”

“他说过，我跑了要杀了我。”

“他吓唬你，他不舍得。”

“我也知道。”春光笑了。

“还梦见谁了？”哥哥问她。

“没有梦见谁。”

沉默了半晌，哥哥问她：“梦见爸了？”

春光不说话。

“你说梦话了。”哥哥低着头说。

“我不记得。”春光说着，又躺下来了。

“睡吧，春光。”哥哥拍拍她，她身上汗津津的。

“明天要早起吗？”

“别管了，先睡吧。”他看着她闭上了眼睛。

他走到一个角落里摸索着插上插头，拧开旁边一台巴掌大的小电扇。扇叶喷出一股尘土味儿，还吱吱拉拉地摩擦，金属的颤动声在燥热的空气里微微震荡。但毕竟有了一点儿风。风擦过他的身边吹到妹妹身上。他在风扇边坐了一会儿，起身去睡了。他躺在木板上，什么也不想，听着风扇嗡嗡的转动声终于睡着了。

2006 年 6 月 16 日于新加坡

垂老别

1

三个人走在一条漆黑的土路上。两人在前面走，一个瘦小的老头儿匆匆忙忙跟在后头。他好像迈不开步子，虽然步子很紧，却总是撵不上前面两个人。

前面那个身材高大的人突然停住了，扭头大声说："跟上来没有？这么黑天老半夜的，快些走吧，嗨，真是……"

"村长，我就跟上了，你们先走着，别等我，我认得路。"王老汉朝他摆了摆手，气喘吁吁跟上来。

"不等你？去了你老二家不还得等你？说得怪轻巧，你就快些跟上吧。"村长气嘟嘟地又开始快步走了，"这鬼天，他妈冷得……"

"我这腿硬得，不比你们年轻人。"老汉嘿嘿赔笑了一声，几乎小跑起来跟在后头。前面两人，一个是身材魁梧的村长，一个是他弟弟王安。王安是个瘦子，年纪还不大就伛偻个腰，走路两手往身后一背，走得倒很利索。

王安对村长说：“让他在后拖着吧，我们前头走着，到了先喝杯热茶，把情况说一说。”

村长没好气地说：“热茶？热茶比得上热被窝，睡得好好的，硬被你们给叫起来，走他妈荒山野岭的夜路，你说说，这算啥事儿？”

王安压低着声音说：“谁叫你是村长哩，村长就是百姓的父母官啊，百姓有个急事儿拿不了主意，不找你找谁啊？你不出马，谁能解决得了？”

村长有些气消了，说道：“我替你们办了事儿，你们背后还骂我哩。这个官可他妈的当亏了，油水是一点儿也没有，苦干活儿，也不落好。”

王老汉赶忙在后面插句话：“哪能骂你，谁骂你？这话说得……”他喘着气，每个字都像卡在他的喉咙里，吞咽不下去。

王安说：“村长你就怜恤我哥，你看看，他这几年过得窝囊不窝囊？我早和他说过，不能把什么都给孩子，现在的孩子有几个孝顺的？老的不挨打已经要谢天谢地啦！自己手里一定要握点儿钱，他不听我的，老了不是就给撵出来啦？”

王老汉又远远地插了一句：“不是撵出来的，谁也没有撵咱们，是咱们自己出来的，媳妇不喜欢咱，孩子的日子也不好过，夹在中间。我和你嫂子一商量，不如自己出来住，住地里有啥？”

王安突然生气了，回头喝止他道：“哥，你别说啦。你的情况，你到底要我说还是你自己给村长说？”

王老汉懵了一下，便不作声了。

停了一会儿，王安才继续说道：“你看看他，就是这个脾性，撵出来还不说撵出来，还说自己出来。他和我嫂子就在咱村东头儿自留地那儿盖了一小间泥房，你说像话不像话，人家一进咱村的地界不就看见了，不就知道咱村风气不好，把老人家撵出来。我那两个侄子，真是不知道羞耻，脸皮和城墙一样厚哩。”

村长叹气说：“他妈现在的年轻人，全不要脸面，不怕人说，谁说都不听，跟拗头狗一般。我的话他就听了？你看看你大侄子刚才那样子，还讲什么‘法律’啊，‘判决’啊，好像他是检察院里戴帽儿的，好像不养老人还是他有理。我不是说‘法律还护着你不养老人啦？法律是要叫你们这些不养老的龟儿子们坐牢去’，他不就不吱声啦？他以为我不懂法律，他还要懵我哩。他妈年轻人，我是不想撕破脸面。”

“他吃过几两盐？他还想懵你？兔崽子。”王安附和着村长骂道。

村长说：“要是我儿子，我就一棍闷死他算了。哪有这样的话，大半夜的非让走人，连明天也捱不到吗？我还和他好好说，‘过了这一夜，明天咱们再去找你弟弟，看他怎么说’，真是不像话！”

王老汉本来想说话，可一想到弟弟不高兴，就咽回去了，假装咳嗽了两声。

“你又要说啥？”王安扭头问他。

“没啥，”老汉急忙说，又问一句，“这就快到镇里啦？”

没有人理会他的问题。村长说：“你猜猜你二侄子会咋样？”

王安仿佛沉吟了一小会儿，才说：“难说，二侄子为人倒比老大讲理。我也有好长时间没有见过他了，这小子自打‘嫁’到了镇上，就难得回咱村里啦。前次，嫂子死的时候他回来过一趟。他的地呢，都让老大种着呢，每年给他交点儿钱。”

村长笑嘻嘻地说：“这个不是更难啦，倒插门一个。”

王安说：“他倒不靠媳妇家养，我哥一把给他几万块钱，他在镇上开了个百货店，这么多年也赚了不少。店在楼下面，他家就住楼上。”

村长说：“不赖，还是住小洋楼的。”

王安叹了一口气说：“再有钱也是他自己的，爹娘一分也难花上。我嫂子有病，两个孩子钱也不出，力也不出。我哥带她去县医院看了两趟，都是我陪着去的。好在那病也来得急，她倒没有受太大罪。要是拖拉下去，你想想吧……”

王老汉又落在后面一段路了，但他却听得清楚。不由回想起老伴儿生病时的情形，心里难过起来。他自己想着、走着，忽然听到王安喊了一句“哥，快些走吧”，他又硬着腿小跑起来，一面咕哝着“过去啦，都过去的事儿啦”。

他想：老伴儿走了不久，泥房子就被雪压塌了，这是不是老伴儿使的什么计谋啊？是不是老伴儿知道他胆小，又怕他一个人孤单，病了死了无人知道，就故意使了个法儿，要逼着儿子们接他回去？他倒是梦见过老伴儿，可一到梦里，他便忘了问她，她也不对他说。起初，房子塌坏的那几天，他还倔强呢，他还不愿意去求儿子。他就找个背风的角落，裹着铺盖卷睡在外面。可夜里太冷、刮着北风，风在田里跑起来，一点儿遮挡也没有。他睡不着，心想不如就冻死算了，冻死了也不连累谁，还可以去找老伴儿。但他虽然冻得牙打颤、双脚发麻，却仍冻不死，第二天早上总是看见太阳又升起来了。后来，几个乡亲看到了，硬把他推到大儿子的宅院里头。大儿媳妇说啦，她不能做主，她要和老二商量商量。商量的空儿里，他就和王安、还有几个乡亲坐在堂屋里等。老大也坐在那儿，就坐在他的斜对面。老大看上去很发愁。他心里真难受啊，都不敢看老大一眼。媳妇在里头和老二家打电话，说了好久，难听话好听话都说了，终于出来了，又叫王安去听电话。王安说了几句，出来告诉大家事情都谈妥了，就轮流住在老大、老二家，每人家里住一个月，到了月底，老二会回来老大家把王老汉接走。

都谈完了，乡亲们都走了。剩下他和老大、老大媳妇在一起时，他们便谁也不说话了。后来，老大媳妇对他说："回去把你的铺盖拿来吧，这里可没有多余的铺盖。"他就走回泥房子那里，把铺盖卷挟回来。老大在放农具的偏房里，给他安置了一张床。那天晚上吃了饭，他就去老婆坟上看了看，也没有什么原因地哭了一通。

他想：人老了就和小孩儿一样，身体也变小了，头发、牙齿没有了，还像小孩儿一样喜欢哭。

他因为不得不紧走慢跑，心里又焦急，身上直冒汗，但还是总给撇下一段路。他确实累了，不再慌着追赶前面两个人了，他们也不再停下身催促他。他们的说话声渐渐远了，他已听不见他们在谈论什么。在他眼前的是一条带子一样的土路，天上还有一些闪闪发光的星星。路边光秃秃的白杨树，拉出一道道细长的影子。这个赶夜路的情景，就像年轻时候他拉着父亲去找伯父时一样。

伯父十六七岁就出外当兵了，到那时候还没有回过老家。从外面回来的人说在孟津一带见到过伯父，他当了大官儿，手下带着很多兵。那一年，父亲得了病。乡里懂医的人说这个病也不难治，去医院找个人把身体里一块儿东西割了就行了。可家里那么穷，哪有钱请医生？母亲后来想，不如叫他拉着父亲去找伯父。伯父当了大官，手下一定有医生。母亲和其他伯父、叔叔都商量好，就借了一辆破架子车，叫他拉着父亲上路了。他那时候多年轻啊，虽然常常挨饿，力气却是有的，若是路好，他一天能走上百里，夜里也常常赶路，只为了早日找到伯父。

有一晚，他只顾往前赶路，也没有和父亲说话。走完好长一段路，坐下来歇息时发现父亲已经死了。他一点儿主意也没有啦，跪在架子车前哭起来。哭完了，他又拉着父亲往回走。父亲死了不到半年，当官的伯父就回乡了，对他和他母亲说，自己回来晚了一步。母亲说，什么都不怪，这就怪命。

王老汉叹一口气，心想：都是老早老早的事儿啦，怎么都这么清楚啊，连那个破架子车也都像搁在眼前一样。父亲死的时候才四十来岁，他仰躺在车板上，身上盖着一条蓝格子粗布被子，眼睛紧闭，只像是睡着了。那一条田野里的路，两边也是长着白杨树，夜里风吹树叶就发出像哗哗拍手的声音。就像是同一条路，走着走着，自己却成了白发苍苍、腰杆儿挺不起来的老汉啦；走着走着，爹娘、老伴儿都把他抛下啦……

快到镇上了，王安和村长正站在前面大路口等他。他心里踌躇着，十分不安地走到王安后面，小声说："去干啥，这么晚了。我还不如回我那窝棚睡得踏实，也不麻烦谁。"

王安说："哥，都啥时候了，你还说这话。儿子养老子天经地义，麻烦谁啦？"

王老汉什么也不说了，只是跟在他后面走。已走到镇街上了，街上立着巨大的、熄灭的灯柱，两边的临街房里也没有一点儿灯光。三个人一路找，辨认着招牌。两条狗跑前来叫，村长骂道："叫什么叫，再叫杀了吃你。"说完，弯腰作了一个捡石头的动作，狗便跑了。

王安开始噼里啪啦敲门，敲门的声音在王老汉听来太响。他想劝他小声一点儿，最后还是放弃了，只叹了口气，在一旁等着。两条狗又在远处叫起来，村长笑起来，说"这畜生……"敲了好一会儿，楼上的灯亮了，有人朝下面喊了一声"谁？"王安说："开门，你爸来了。"又过了一会儿，有人下楼了。楼上的灯光斜照在三人站立的门前空地上，王老汉往灯光较暗处挪了挪。村长的脸色突然严肃起来，王安也郑重地瞥了他一眼，说道“看看他怎么说吧”。

2

儿媳妇也起身了，给他们每人倒一杯开水，放在面前。儿子披着衣裳，此刻睡意全醒了，但脸上还有些惊诧恍惚的神情，他没有想到有人会在这个时候把父亲给送到家里来了。他听叔父把事情都讲了一遍，还要求把有些情节重复一遍，心里乱糟糟地拿不定主意，他的眼睛也因此转来转去，却不瞅人的脸，只朝那些桌角、墙壁、屋梁上看。他父亲倒是一直没说什么，垂着头，脸上带着一种软塌塌的、含混不清的笑意。他老婆坐在一边，脸上也带着笑意，却是冷的。

事情都说完了，王安看着村长，意思是要村长说几句话。

村长清清喉咙，说道：“这事情你叔要我来协调，我推托不了。你虽说出来了，也还是咱村的人，你的地也还在咱村里。你爸、你哥也都是村里人，出了这种事儿，我也怕说出去让人家笑话，所以就来了。这大冷天，一个老人没地方住算什么事？养了两个儿子，让他睡野地里，算什么事？你说说，这像不像话。”

老二忽而把手里的烟头用脚使劲儿一踩，神情有些愤然地说：“我爸他睡在野地里，这事儿我在外面哪里知道？要是我住在村里，不会发生这么丢人现眼的事儿。老大他不知道吗？

他知道了还装不知道！人家一把我爸送到他家里头，大嫂马上就打电话来，让我表态，我一听就慌了，我要是不答应她的条件，她是绝对不会让爸住下的。她说什么，我都要答应。这么冷的天，把我爸赶出来，老大这家人，还真是做得出来。村长，你说说，他这样做对不对？”

村长说：“我也批评他了，可他有他的理。这件事情要我说，也有你不对的地方。他说，当时，你和你大嫂在电话里说得清清楚楚，每人家里轮流住一月。到了月底，你要去接你爸。现在已过了四五天，你还是不去接。他们打电话催你，你也不说个日期。你大嫂就认定你要耍赖，她说不怕养老人，怕的是当傻瓜窝囊废让人家骗了。她还说，她也提前跟你说了，今天是最后期限。她说的我不知道是不是都是真的，我还要听你说说，也不能只听一个人说。”

老二更加愤然了：“最后期限，她凭啥给我个期限，她是谁，她是领导还是公安局的？”

村长愕然地看着他。这时，坐在一边的老二媳妇说话了：“你生的什么气？村长是给咱讲讲情况，帮咱解决问题的，你生的什么气？你在这儿说大嫂，你说再多，她听得见吗？”

老二看看自己的媳妇，很驯服地低头不语了。

老二媳妇转向村长说：“村长，那天情况很急，大嫂她突然打电话来，我不在，他一个人急得什么似的，又没有人商量，什么东西都答应下来了。要说，是我不好，我没有好好给大嫂讲，大嫂来电话都是他接的，他说话就是这样，道理说不来，又急。我们的情况你都知道，我们又不回去，村里的地全给大哥种。我们不是小气的人，一年打多少斤粮食，卖多少钱从来也不问他。这么多年了，每年都给那一点儿钱，我们一分钱也不多要他的。后来我们商量，爸在村里住惯了，到这儿哪有说话的人，我们两个又都忙，不如让爸就住村里，反正我们的地都是大哥打了粮食，就算我们给爸出了口粮。大哥大嫂只是给爸腾出来个地方住，这难道不合情合理？”

那媳妇说得不急不慢，又似乎句句在理。村长一时竟没有话说。

王安在一边“哼”了一声，说：“你说得听上去是在理，可在理的事儿也要都商量好了才算数。原来说好啦，你们现在要改，要改也该和老大商量好了才改吧，不能自己说了算。还没有谈好，就不去接人啦，事儿是这么办的吗？你不去接人，你爸他往哪儿站？”

老二媳妇干笑了一声，说：“叔叔说得对，我就是要叫老二他回去一趟，好好商量商量。但这两天忙得，一时没有回去，谁知道大嫂手脚这样快，就把爸给撵出来了。这三更半夜、天寒地冻的，来到我们家。谁想得到啊？村里不是还有些亲戚邻居的，连个临时的住处也找不来？还麻烦你们半夜跑到这儿来。我爸啊，他就是太老实了，亲戚家开开口我不信人家不帮，他就是开不了这个口。”

王老汉这时瓮声瓮气地说：“亲戚都帮忙了，住的事儿哪能再麻烦人家。”

王安对那媳妇说：“你这是埋怨我啦？要是你爸他没有俩儿子，要是他儿子都到北京、上海远地方去啦，我就让他住我家里，这费啥气力？我是害怕侄子脸上挂不下，害怕人家说他。”

村长有些生气了，说：“都别说了，说这干啥，谁怪谁他妈有啥用？现在是要看看该咋办，老二，你们愿不愿你爹住在这儿，你说个明白话。”

老二瞥一眼媳妇，看媳妇阴沉着脸低头坐那儿不看他，他就抽起烟来。好长一阵子，他只是低着头抽烟、叹气，后来，他突然对王老汉说：“爸，你出去一会儿吧，我们几个商量商量。”

王老汉迟疑地站起来，看看村长和王安，那两个人斜眼看看他却没说话。老汉走出来，二儿子马上站起身把门关上了。老汉朝着门呆看了一会儿，便走几步，转向街道站着。街上黑漆漆的，风也不吹了，狗也不叫了，像是忽然间什么声音都冻住了。老汉脸上竟微微笑着，让他出来倒是比坐在屋里舒坦些。他想：不让我听也好，省得我心里不是滋味。由他们去说吧，我老了，说不上话了。

老汉也不知道时间，猜想这便是夜里最冷的时辰，比他刚才走在路上时候冷得多。虽然没有风，寒气却顺着脚丫子、膝盖直往上面窜，渗透到老骨头里去，让他的手脚又冷又麻。他揣着棉袄袖筒子，踱起步子来。他只在暗处走，故意绕开灯光映照的那一小片亮地方，好像他走到亮堂地方会被什么人看见。他真想就这样自己踱回家去，踱到他那塌坏的小屋里去。要是有人能帮他修修就好了，他不怕一个人住，不怕独自死在里头无人知晓。可乡亲们不让他回去，人人都好心，却不知道他心里的难受。他被塞来塞去的，已成了个累赘，可他不想成为谁的累赘，不想让人嫌弃啊。他想说"让我自个儿住好啦"，可谁都不听他说。

他在外面站着，听见屋里人的说话声，一会儿是王安，一会儿是儿子，一会儿是村长的大嗓门……他不让自己留心听他们说话，他踱着脚，嘴里胡乱嘟哝起来：让你等，你就等着，不让你听，你就不听，这天冷得，你就站着，不站着去哪儿……他又想起那两只游狗来，有些想让它们过来。可狗却没个踪影，连叫也不叫一声。

老汉好像已经忘了他是在外面等人叫他进去的，门打开的时候，他还吓了一跳。王安叫他进去，等他坐下，王安脸红红地，低声对他说："二侄子说，你先在这儿住一夜，明天他们再带你回去。"

"回去？"老汉问道。

"爸，我们明天带你回去和大哥大嫂商量，"媳妇说，"地他们种着，老人又不养，让谁说这也说不过去。你先住这儿。我们不知道你来，没准备多余的床，你就在沙发上躺一晚，我给你找被子去。"

媳妇说完"噔噔噔"上楼了。老人声音发颤地对他们说："人老不中用，啥事儿都得麻烦人，让别人操心。”

“爸，你说这有啥用，来了就先住下吧，要不怎么办。”老二不耐烦地说。

村长突然站起身了，说：“我这个村长也帮不上忙，该说的我都说了，听不听是人家的事儿。”

王安说：“村长操这么多心，跑这么远路，还说这客气话。倒是我这个当叔的也说不上什么话。”

村长故意拖长声音说：“不行，谁说都不行啦，俗话说得好：人没脸树没皮百法难治。我看我这个村长也别当了，干脆开养老院算了，开养老院还能起点儿实际作用。”

“村长，你这是说啥话。”王安说。

老二往楼上瞅着，也不搭腔。

王安和村长都很疲倦地看了看王老汉，王老汉忽然百感交集，眼泪就快掉出来了。村长对他说：“你先住这儿，明天回村里再说。”

他撇撇嘴忍住泪，什么感激的话也没说出来。

村长和王安走了。媳妇抱了一条被子下楼来，转身就上楼去，一句话也没跟王老汉讲。王老汉冻坏了，清鼻涕也流出来了。他手脚不听话地乱抖起来，颤巍巍地把被子在沙发上摊开，二儿子木然地站在一边看。

王老汉对他说：“你也赶紧上去睡吧。”

儿子说：“还睡什么睡，都啥时候了。”

王老汉说：“我不想来，我到哪儿不能将就一夜，你叔他……”

儿子说：“我知道，来了就别说这话啦，电灯开关在你那边墙上，等会儿躺下别忘了关。”

“好，好，你赶快去睡吧。”

儿子又叹了口气，转身上楼去了。老汉听着，一听到儿子上完楼梯，就摸着把灯关了。

堂屋里一片漆黑，王老汉衣服也不脱，侧躺在沙发上，用被子把全身紧紧裹起来。他想到：站在外面也不觉得，到了屋里，还盖上了被子，倒冷得浑身打摆子啦。楼梯上铺着一长条歪歪斜斜的灯光，他知道是从上头儿子房门底下透出来的。他老是看那一条光，心里焦急着儿子怎么还不睡下。后来，他就听见争吵了。为了听得清楚一点儿，他昂着头，用胳膊肘撑着上身。他本来觉得自己该上去，站在他们门外说几句劝慰的话，可后来又想，谁会听他呢？况且，吵不还是因为他？大儿子和大媳妇也吵，吵起架来就把东西乱扔，有时候恼得打孩子。吵完架，媳妇就走了。没有人做饭，儿子领着孙子也出去了。他坐在放农具的、他的小屋里。能够一直从晌午坐到天黑透。有时候，他去田里拔草、干一点儿农活。夜里，儿子领着孙子回来了，问他吃没吃，他还说吃过了。他不是懒得生火、做饭，他是不想在他们看不见时吃他们的粮食、用他们的柴禾。

他又躺下了，把被子掖好，听上面人说话。他不那么揪心了，不焦急了。都是那么回事儿，就是那么回事儿，揪心、劝呀、哭呀，都没有用……他想。过一会儿，楼梯上那条光断然地灭了，黑暗像条冷硬的大棉被把他蒙在里头。

3

王老汉还没有睡着，虽然浑身酸痛，他也没睡着。他想：换了谁，谁能睡得着？他原以为既然来了，就会住上一个月。要是到时候大儿子不来接他，他就自己走回村里去。但他们只让他住一夜。他不是想赖在镇上讨好生活，他是害怕吵架。他知道，要是他们明天一起回去了，大儿子一家和二儿子一家势必要大吵一架，到时候他往哪儿站呢？他可以躲到他那间小屋里，可那不就是遂了二媳妇的愿，不给大儿媳脸面？他们势必不让他走开，不让他偷偷溜到村外头去，不让他随便坐到哪个邻居、亲戚家躲一会儿。反正谁也不会让他走，他就得站在一边听着，听自家孩子说那些指桑骂槐、暗里藏刀的话。乡亲们都会走来瞧瞧吧？他们站在不远处的街上也能听到，听到他的儿子、媳妇们拉锯一般说着话，他们还会说到他，说就是因为他，一家人成了这样。乡亲们有很多话要说呢，那些辈分高、爱管事儿的会来戳他儿子的脊梁骨，骂他窝囊废。还有人会说：这怨谁呢，子不教、父之过啊。他最怕那些可怜他的人，多半是和他一样老的人，还有些上了点儿年纪的妇女。他们会不停地叹气，眼里含着泪，还会讲起他不久前死去的老婆。他可受不了了，要是他也像小孩子一般哭起来了该怎么办？

他的眼皮又沉又酸，眼珠发硬，头脑也不清醒了，但他睡不着。那些要发生的事儿，就像放电影一样在他眼前过来过去。这些想象中的事儿慢慢又和发生过的事儿混合到一块儿去，弄得他就像做梦一样恍惚不清。

他沿着村里那条街走着，街两旁密密麻麻的砖房忽然变成了稀疏的泥房，房顶上还糊着干草。他走进某一处院子，看见一个妇人在院子里烧着地锅、蒸馍馍。妇人头上还带着一条厚厚的绿线三角围巾。天色暗了，下起了雪，炉子里的火特别的亮起来。他蹲在炉膛前烤着火，馍馍熟了，他母亲掀开锅盖，顺手拿了一个热腾腾的馍递给他。他吃着甜香的馍馍，又跑到村街去玩儿。一只黑狗不知从哪个地方钻出来，摇着尾巴撒欢着跑过来。他对它说道，“黑子，快回家去，打狗的来啦。”黑狗便犹豫不决地往家走，还不时扭头看看他。黄昏里，家家户户的炉子都在院子里闪着光，柴火星儿从炉膛里迸出来，和雪花飘到一块儿，又忽而在半空中消失了。

他看见父亲躺在架子车上等他呐，面色红润润的。他拉着父亲往前走，很快就出了村子，上了大路。大路上空空荡荡的，好像只有他俩在赶路。路两边是绿油油的庄稼，有些桐树开满了紫花。父亲对他说“你歇歇吧”，他却不歇着，还故意走得更快些，好叫父亲知道他的力气。父亲问他“就快到了吧”，他对父亲说，“你睡吧，明天一醒就到了”。父亲听他的话睡了，他还浑身冒汗地拉着车。后来，他一直走到天上月亮升得老高的时候。

人们突然都挤到他面前了，亲戚、乡亲、还有几个他不认识的、抱着孩子的妇女。“你要去哪儿？”他们问他。他赶忙低了头，说哪儿也不去。他转头往回走，走到一处熟悉的院门前，一步跨进去。院子里静寂无声，他心里怀着窃喜，可不一会儿，他就看到门廊底下坐的全是人，他们只是不作声地看着他。他看出来了：儿子、媳妇、弟弟、村长都在里头。

他急忙转身走，一走出院门就跑起来。他跑一程又走一程，到了一个荒凉的地方。突然一个女人站到他面前，穿着白衣。他吓了一跳，但定睛一看，却是他老伴儿。她满面愁容，问他要往哪儿去。他哭起来，怪她把他一个人留下来。他哭起来没有个头儿，等他哭完了，老伴儿却不见了。他往周围找她却找不见。他就继续沿那条路走去，又走了一程，他看见路边有个黄泥的屋子，屋檐下面挂满了串成串儿的、金黄的玉米棒子。屋子一边还有一口小石磨。他走进院落里去，忽而看见一只大猫蹲在墙角落里晒暖儿，那正是他以前养的那只黄猫。他在镇上市集里把它买回来，从两个月大养到十五岁。它也没有什么病痛，就是老了。有一天，他和老伴儿发现老猫不见了，他们找遍整个村子，又找到村外头的庄稼地、树林子里，都找不到它的踪影。后来，人家告诉他，猫要死的时候，就会离家出走，它们要找个僻静地儿自个儿去死，不麻烦主人。老伴儿听了，还为它哭了一通。原来老黄猫到了这个地方。他跑过去想叫它一声、摸摸它，却发现它睡着了。

他走出院子，走在一条像河堤一样的平坦土路上。走了一会儿，来到一个林子里。林子里空空荡荡，竖着一条条光秃秃的树干，地上还有一点儿积雪。他不知道自己怎么会走到这个林子里来了，又觉得一开始就是要走到这里的。他在树干之间走来走去，恍恍惚惚地找，突然意识到原来自己是要来这里寻死的。

死的念头就像个沉重的东西猛地压到他心上，让他醒过来了。他胸口憋闷，脑门子疼，嗓子眼儿像干裂了一样。他翻个身儿躺好，才慢慢地回味起梦见的事情来。那些他醒着的时候都想不起来的东西，在梦里头却跟当时一样真。他想：连小时候家里养的黑狗都梦见了，做梦真是天上地下、十万八千里地乱诌。然后，他又想到让人发愁的东西上去了：老伴儿，老猫、地上有雪的光秃秃、荒凉的树林子。那个死的东西就很重地压着他，让他不得不用劲儿喘几口气，怕五脏六腑都要被那重东西闷住。

他自己说起来：睡不着了，天也快亮了，做的是什么乱七八糟的梦，梦见那么多人，死了的、活着的都有，都清楚得跟画儿一样。我这是等什么，等天亮了，喝一碗稀饭，再跟着他们回去？村里人问起来，我该说啥？我就坐那儿等着，等他们哥弟儿俩吵起来，任由他们折腾去？我坐在那儿一声不吭，等他们给我一口饭吃……

他躺在那里轻轻哀叹了几声，他越哀叹越觉得心里的忧愁怎样也叹不完。他又翻了个身儿，面朝另外一边的黑暗躺着，想了一会儿心事。后来，他发抖着起床，摸黑穿上鞋，把衣服的扣子扣严、被子叠好，就蹑手蹑脚地开门、对好门，往家去了。

正是破晓前最冷、最黑的时候。王老汉在门外站了好一会儿，眼睛才能看到路、路两边房屋的暗影。太冷了，想必狗也躲到哪个墙旮旯里睡了，一点儿声音也没有。老汉仍然看不清，他慢慢地往前走，走时膝盖总是先往前屈，好像在探路。这样摸索着走了一会儿，他才看清那条蓝灰色的、空荡荡的路。他放开步子走起来，心想：以后恐怕就要不断在路上走了，不能怕走路，路还长着呢、多着呢。

4

星星比昨夜少了，寥寥的几颗，都挤在西边的一个角落里，好像怕冷似的。月牙子却很亮，悬在不远处一间茅草屋子的上头，那屋子像一块贴在旷野上的黑布。星星、月亮、屋子都像是低垂着头，兀自想心事想得出了神。

王老汉想坐下来歇一会儿，他的腿沉得像绑了两个秤锤。“老骨头，老不死的。”老汉骂起自己来。他在路边坐下来，还用手支住头。他晃了晃脑袋，脑袋又空又沉，让他直想躺下来。他坐了一会儿，挣扎着站起来继续走。田野里真是空旷，大地干净得就跟天上没有云的时候一样，沟里的小灌木、路边的杨树、田里的庄稼都谢落了，干枯、僵硬得像是再也不会返青了。

老汉走着，猜着该是什么时候了，天还有多久会破晓。月牙子又往西边沉下去一点儿，东边，很远的天边，有一道紫色的冷光，像一道天幕的裂缝。光会慢慢从那里跳出来，太阳也会从那里跳出来。老汉想着，终于看到了老伴儿的坟。那旁边他特地种了一棵小树，好叫它长大了给老伴儿遮挡太阳、风雨。小树瘦伶伶的，一片叶子也没有了，被风刮歪了，伏在坟头上，不知道是不是已经死了。老汉累坏了，也不觉得冷，把头枕在坟上睡着了。

等到光终于从东边那条紫色的裂缝里倾斜出来时，他正揣着袖子，站在坟前向老伴儿数说自己的遭遇。他说完了，就走过去想把小树扶直，一松手，树又可怜地趴下去。老汉叹一口气，说："你要歪着就歪着吧。"

他往远处望了一圈，天地笼罩在阴沉的青灰色中，依然空荡荡地没有一个人，天还早呢。他又叹了一口气，对着坟说道："不能怪孩子，谁也没有撵我，是我自己要走。要是你在呢，我哪儿也不去。住在窝棚里也不怕，缺吃少穿有啥？苦日子都过惯了，可你先走了，你倒撇得干净了，你叫我自己咋办呢？我一个孤老头子……"

王老汉脸上还是那种软塌塌、带着含糊笑意的表情。但突然间一大滴泪滚到他的脸蛋上，接着又有一长串泪水滑下来。他赶紧拿两只树皮一般粗糙、干硬的手往脸上乱抹一番。他绷紧着脸定定地站了一会儿，蹲下身，使劲抠了一把土添在坟上，一边说起来："我得走了，趁现在还没有人，天早着……我呐，你可不要瞎想，我这一出去就好了。我这一走家里头也安生了，不能叫他们兄弟俩因为咱们伤和气。哎，人老了，就得自己走远点儿，不能给谁添麻烦，猫老了还知道不死在主人家里呢。嘿嘿，你信不信，我可是梦见咱家那老黄猫了，这畜生，给我托梦了……要是他们还让我住在窝棚里就好啦，我天天来给你说说话，到地里走走……我这就走了，要是我走了远路，我明年也要回来给你上坟，你的忌日，我记得……”

他用手扶住脚脖子，吃力地站起来，拍了拍手上的土，沿着庄稼地里的小路往通向村里的土路走去。

王老汉回去的路上，碰见了两三个进城卖菜的乡亲。村里大部分的人家还没有起床，天实在太冷了，鸡倒仍旧叫起来，哑着喉咙断断续续地叫着。天光还是黎明时的阴沉、昏暗，王老汉站在自家院墙的角落处，刚好夹在墙壁和一棵槐树中间。他听见大门“吱呀”响了一声，随后又听见大儿媳说话的声音。过一会儿，就看见孙子背着书包一个人出现在村街上。等他走过街角一栋两层楼的房子时，王老汉才赶紧追上去。

“爷。”小孙子手里正拿着一个夹着煎鸡蛋的馒头吃，看见他惊讶地喊了一声。

王老汉叫小孙子先不要说话，等他们走出了村子，他才和孙子说起来。他告诉孙子，他就要搬到镇上叔叔家住了。

“我不上学的时候，也能去叔叔家看你，反正不远。”孙子说。

“是呀，路倒不远，你又会骑车子。”

“爷，你不是过一个月又回来了？”

“不一定呐，你叔叔说不定要让我多住几个月。”

“哦，你要是想回来，我也能去接你，我会骑车子带人。”

“我知道，我知道。”老汉连声说。

他又把孙子往前送一段路，来到一块麦苗田的边上。不远处的一片桐树园子还蒙在白雾里。

“你要好好上学，上了学将来什么都好。你看田茂家的大学生，住在城里，高楼大瓦房，还开着车呢。”

“还有什么好？”孙子问他。

“吃的也好，吃的都是咱没有见过的，念了书就懂道理了。反正什么都好些。”老汉一时也想不出什么，只是脸色郑重地看着小孙子，要叫他相信。

又说：“将来长大成人了，要有出息，不要叫大人操心。等你爹娘老了，要孝顺他们。”

“我知道这，孝敬父母。”那孩子说。

“是啊，在学校里，老师都教你啦？”

“老师没有教我也知道。”

“知道了好，知道了就好，这些你都懂……”王老汉搓着手，看着孙子仍想说什么，却什么也没有说。

“爷，我要去上学了。”

“你去吧，还有老长一段路呢，去吧。”

老汉看着孙子顺着光秃秃的麦苗田走了，小孩子的身形、衣服和背的书包都成了一团模糊的光，最后消失了。他想着：

要是这孩子再也见不着我了，他长大了可还记得我这个爷爷？这个问题让他愁闷极了。因此，他往回走的路上故意去看那些路边的景象：只是光秃秃的土地、田里冻僵的麦苗，还有一些在地上捡东西吃的孤单的麻雀。很快，他又看到了村庄的房舍，天光亮起来了。新的愁闷像灰尘一样把旧的愁闷覆盖起来：他似乎非得离开这里了，他在这儿住了几十年，他爷爷奶奶、爹娘、老伴儿的坟也都在这儿，但他却变成了个多余的、家里容不下的人。他似乎非得离开这里，不走不行。

天亮了，可毕竟还早，老汉确信村长和王安还都在补觉。他得趁着他们没有醒就把事儿办完。他快步走回家，看到门没有从里面插上，就硬着头皮推门进去了。大儿媳正在压井边朝一个塑料桶里压水，水桶里冒起一层层的热气。她披头散发，嘴里正“哼哼呀呀”地唱戏，看见他突然打住了，张着嘴，两眼睁得鼓鼓的。王老汉赶忙走过去，把自己编好的一套瞎话说出来，说二儿子要他回家拿铺盖、衣服，再过去镇上。

“这么早，让你自己回来拿？连铺盖也不给你备？老二他还真做得出。”大儿媳不那么惊讶了，说完继续压水，一手拿个木梳子梳头发。她把眼睛往上翻着，故意不看他。

老汉走进他的小屋，他的铺盖都已经给卷起来了，散乱地扔在地上一张农膜上。老汉坐在冷硬的、绳子结成的床面上，两腿疼得真想躺下来。他捏抓了一会儿大腿，又坐着发一会儿呆。大儿子也起床了，儿媳已经转达了他回来的消息。但儿子并没有进屋来看看他。老汉开始收拾东西。他找了一根绳子，把铺盖结结实实地捆起来。又从床底下一个纸箱子里扒出来几件衣服，在身上穿的棉袄里面加上一件破绒衣，最后从一件衣服的内侧翻出几张十块、五块的污秽票子，把它迅速卷起来，塞进鞋底。

他出去，想找儿子要一个装铺盖、衣服的麻布袋子，却看到儿子和媳妇正坐在堂屋里吃早饭，桌上放着热腾腾的馍馍和稀饭。他羞惭得很，好像自己偷看了不敢看的东西，想赶紧掉头回他的小屋去。这时，大儿媳却问他有没有吃过饭，他想说吃过了，说出来的却是“没有”。大儿媳就叫他一起来吃，还给他盛了一碗稀饭。老汉真是饿坏了，走了几十里的路，又冷得浑身筛糠一样，就抱起热稀饭“唏唏溜溜”喝起来。

大儿媳拧着眉毛说：“真是的，连早饭也不让吃就叫老的一个人回来了，老二这个人……”

大儿子说：“别说了，说这些干啥。”

大儿媳继续说：“有的人，也真是薄气，一顿饭值个什么，这么冷的天，大清早让老的跑回来。”

大儿子不耐烦地说：“你别说了，在谁家吃都一样。”

大儿媳说：“是都一样，我是怕咱爸大清早走路累得慌，冷得慌。你说这话啥意思，你说我是稀罕这顿饭了，我不是那么小气的人！”

大儿子不满地扫了她一眼，没再说话。

老汉吃完了一个馍馍，还想再吃一个，却不好意思伸手去拿。最后，他只喝了一碗稀饭，吃了一个馍馍，就站起来抹抹嘴走了。临走的时候，还说：“我歇一会儿就走，走了几十里路，腿还疼着呢，老骨头，不中用了。”

“你多歇会儿，歇好了再走。”大儿子对他说，“等一会儿我不送你了，我要去木匠家说点儿事儿。”

“好，好。”老汉答应着。他突然想起需要麻布袋子的事儿，就对儿子说了。儿子跑到屋里，翻了一通，找不到。

儿子去木匠家了，大儿媳刷了锅，也出门了。王老汉把他的铺盖衣服都裹在一条单子里，把单子四角交叉着系紧，做成个包裹的样子，又在农具堆里翻找出来一个竹篮子。什么都准备齐了，他也该走了。临走前，他在院子里到处转了一圈，去牲口棚里看了看那头老牛。

老牛看见他很欢喜，一双大眼睛扑闪扑闪，还伸出舌头舔他的袄袖子。老汉便把要出走的事情都和它说了。牛好像知道他的愁闷，眼睛里水汪汪的。老汉叹息道：“你不知道这回事儿，你哪会知道？人老啦，就是这一条路。你也老了，到时候人家把你牵到那地方，什么都由不得你……我不说了，我何必说这些呐，到时候，你要忍着。你要忍着，你啥都懂得。你想想，人老了，不也是那一条路，都一样。”

他说完告别的话，就给牛的水槽里添上半桶水，又给它添一把草料，然后把包裹背在左肩上、右手挎着篮子上路了。

老汉走出村子，跨过田野往公路的方向走。他拖拖拉拉地背着东西，不时腾出一只手来拍拍大腿。他走得缓慢，气喘吁吁，嘴里生气地嘟哝起来：你快七十了，遭罪能遭多久呐？你知道要往哪儿去吗？你都不知道要往哪儿去，你就死在外头好了，你这老骨头。他骂着，终于走不动了，挥手狠狠地打自己麻木僵硬的两腿，随后，他站住，茫然地看着眼前的道路，像一匹残废的、被人遗弃的老马。

他把包裹扔到地上，颓丧地坐在上面叹气。过一会儿，他心里的气闷平息了。他坐在包裹上，看着村庄背后的、沙河高高的堤岸。他不想离开这儿，不想离开老伴儿和孙子，他想这件事儿过去了他就回来，等春天的时候，沙河水又活泛的时候他就回来，回来找个人把压塌的窝棚搭起来，看看老伴儿坟上的树有没有返青……他想了很多，竟然对未来有一点儿向往啦。

他吃力地站起来、继续赶路。太阳升得很高，天上到处是碎棉絮一样的云片儿，田野里一片空寂荒凉，冬麦苗细瘦的叶子紧紧匍匐在地上，冻得坚硬的土路在远处和一条灰色公路连在一起。他想：只要能顺着公路走到一个城里、或到别的镇上，就能找个背风的地方铺上铺盖，躺下来休息休息了。到时候，我就要好好捶捶两条腿，让它们舒坦舒坦。现在可不能停，不能怕走路，路还远着呢、多着呢。

2008 年 4 月 9 日于新加坡

我希望我是美丽的

上学的时候，同学给我起过很多外号，例如“鬼脸”、“阴阳脸”、“半边脸”，因为我的左脸从眉骨以下一直到下巴那儿，被一大片胎记印满了。夏天，胎记是紫红色的，到了冬天，寒冷让它变成深紫色，还泛着一点灰青色。我的左眼也隐没在这片阴云里头了。我的右脸却是洁白的，连一颗痣也没有。从小时候起，我就习惯在镜子前面侧过身，长久地打量我的右脸。我发现我的右脸算是漂亮的。但当我一不小心转头，看到那张界线分明的脸，我会感到我就像拼凑在一起的两个人。

大概是因为有这样一张面孔，我总希望躲到昏暗的、缺乏光线的地方。每次分班，我都抢先坐到倒数第二排靠墙的那个角落里，但最后老师总会把我调到前三排。我把书在课桌上高高的摞起来，想要把脸藏在书的后面，但老师要求我把书摆进桌斗里，不要影响后面同学的视线。于是，我的脸还是暴露于众目睽睽之下。不知道为什么，避开光线是那么困难。我只能盼着冬天到来，虽然寒气会让我的左脸变得更恐怖，但我却可以系上一条围巾，仅仅露出一双眼睛。至少，我的额头不是双色的。

我害怕上学，因为总是有太多人注视你，他们的目光好奇、厌恶、轻蔑或带着恐惧。小学时，那些男孩子会大喊你的外号、哄笑你、欺负你；到了中学，他们会在你周围发出低声的窃笑和私语。我总是神经质地猜测别人发笑、低声说话是否都与我有关，我试图躲藏、逃跑，每时每刻都焦躁地等着放学回家……因此，我没有像姐姐一样考上大学。高中二年级的时候，我就辍学了。

爸妈老是安慰我说，看习惯了就不觉得难看了。对他们来说也许是这样的，我是他们的孩子，谁会嫌弃自己的孩子丑陋呢？可我知道，我自己永远也不能习惯，因为别人不会习惯。当我成了一家烟酒商店的售货员，畏缩地坐在或站在柜台后面的阴影中时，我会看到那些走进来的顾客突然看见我时有多么惊讶。随后，他们会把目光小心翼翼地转开，不再看我，似乎看见我是一种罪过。

也许只有姐姐理解我，因为我们读同一所学校，她比我高两个年级，她知道在学校里发生过什么，知道那些小男孩儿怎么一边喊着我的外号，一边用皮筋朝我身上弹纸球。姐姐很漂亮，在学校里老师总是让她演节目、参加演讲比赛。我不敢告诉别人那是我姐姐，除非人家主动问起。我担心别人会以为我撒谎，因为这看上去难以置信。有一次，我出神地看着姐姐在镜子前面试穿她的新裙子，我突然想到，如果我没有那个遮住左脸的色块，我简直就和姐姐长得一样漂亮。但我马上羞愧了。这时，姐姐仿佛知道了我正想象的东西，她突然转过头对我说："妹妹，等我将来挣了钱，我帮你看脸。"于是，我第一次得知，我脸上的颜色竟是可以被"看"好的，我并不是非得这样过一辈子。这样的承诺，姐姐后来又提起过两次。

但上了大学以后，她就不再提起了。她明确地表示：改变是没有必要的，在她回家的短暂时间里，她总是鼓励我要树立信心，她告诉我说我的五官其实很漂亮，因此不应该只看到自己的缺陷，而不理会优点。她告诉我："一个女人最重要的是有自信。"的确，我发现她比以前漂亮多了，这大概就是因为她所说的"自信"吧，而且她还学了那么多听上去悦耳、响亮的道理。但像我这样一个只想隐藏自己的人，一个半边脸被色块涂抹得令人恐惧的人，怎样能得到她所说的"自信"呢？我一点儿也不责怪她，但我知道我根本达不到她的要求。我们早已不在同一个学校了，也不在同一个城市，她离我越来越远。

就这样，我在那个烟酒商店里打发着日子，但心里一直怀着一个模模糊糊的、不安定的希望：觉得自己不是这么丑陋，觉得有一天脸上的色块会像被橡皮擦抹去一样变浅、消失，甚至，我也可能会是美丽的。我想不到什么确切的办法，只能拼命地攒钱，我觉得不管是什么办法，就像看病一样，总会需要钱。除了交给爸妈的生活费，我几乎把所有的钱都存起来。我还写信给姐姐，让她把不穿的旧衣服寄给我，这样我就可以省下买衣服的钱。爸妈说，喜欢省钱、存钱也不错，也是个爱好，总算有点儿目标。他们说得对，不然我还能有什么爱好和目标呢？

我二十一岁了，还没有过一个男人追求我。有时候，我故意侧身坐在柜台后面，有些男人会对着我的右脸多看几眼。但当他们走近，或者装作要买东西的样子，当我慢慢偏转过我的左脸，只是偏转一点点角度，他们就会尴尬地闪开目光、逃走了。我怀着一点儿恶意给人们开这样的玩笑，因为这总会让我清醒地认识到我的状况——我不能奢求平常女孩儿经历的仰慕、追求，我是个能把人吓走的女孩儿。

那天，有个外地的推销员来了，他看到我时明显地怔了一下，但很快就恢复了自然的表情，还和我聊了一会儿。这个人三十来岁的样子，我想他大概走南闯北见的人多，就不以为怪了。后来，他又来了两趟，和店里的负责人谈代销产品的事儿。我并没有和他说什么话，但他走的时候总会特地和我打招呼。还没有人这样把我当成一回事儿。

那天下午，我正在柜台后看书，看见他走进来，提着一个深褐色的皮包。我对他说，负责人不在。他说，他也没有事儿，就是要走了，来给我道个别。我一下子不太明白这是怎么回事儿：有个人，而且是个男的，来和我道别。他把我的书要过去翻看了一下，我没有拒绝。我怎么知道该不该拒绝，怎么拒绝？我只是觉得惊讶，有点儿糊涂，心起初还急促地跳了一阵。我看见外头天色暗了，大街上的人开始奔跑，一切乱糟糟的。我没有打开店里的灯，昏暗和燥热登时充满了这个似乎变得更狭小了的空间。我突然觉得这就是我一直期待的那种昏暗、拥挤、狭小，就是我一直想把自己藏在其中、捂盖起来的安适感觉。然后，狂躁的雨点噼噼啪啪地打下来，湿润、温热的尘土味儿和树叶的味道弥漫在空气中。

他坐在靠近门口的一张塑料椅子上，说看来他暂时走不了，想买一瓶汽水。我说“八毛钱”，并且走到靠近门的另一头的冰柜里拿出一瓶冰镇的汽水递给他。然后我赶快走回柜台里头，因为门口的光线对我来说仍然太亮。当他仰头喝着饮料的时候，他的喉结就分外突出，就像里面有个活的虫子在蠕动。他随便地和我说着话，因为雨声嘈杂，我们的声音听上去就像隔着一层厚厚的墙，还带着一些含混的回音，又像是我的听觉犯了重听。

后来，他把椅子朝柜台拉近了一点儿，说：“你其实长得很漂亮。”我没有接话，因为他听上去也是无意中提起的。我猜想，接下来他可能会说“只是”，或者“如果不是”。但过了很久，他才又说：“我说这你可能不信。不过，要是能把你脸上的色块去掉，你就知道了。”

“怎么可能去得掉呢？”我故意说。

“怎么不能去掉？”他说，“我听说过有种激光治疗，能用机器去掉这个。不过这个机器很贵，一般地方都没有。我知道省城有家医院有，我的一个亲戚手上就有个胎记，和你脸上的颜色一模一样，她就用激光打掉了。”

我听得愣住了。有一会儿，我甚至忘记了还有个人坐在那儿，只顾掉入自己激动而混乱的想象中去，我似乎要努力理清这些话，抓住这些字词背后的、确确实实的东西。以往，我只有一个模糊的希望，模糊得好像一旦细看就会化为虚无，只能维持着一个顽固的习惯。但现在，有人告诉我，有这样的医院，这样的机器，这样一种光，它可以“打掉”我脸上这块东西。而且，有一个人和我一样长着这样的一块胎记，同样的颜色，同样一个阴影，占据了原来应该白皙光亮的皮肤，只是，她的是在手上！在手上？如果我的也长在手上、或者胳膊上、腿上、背上，甚至脖子上，那有什么关系呢？如果它能稍稍从我脸上移开，让我的眼睛、鼻子和嘴唇露出来，我一定会高兴得哭出来。可她仍然坚持把它抹掉，她要一双白净的手，就有这种挑剔的人。

我仿佛被这些念头、形象绞缠住了，连呼吸也变得急促起来。当我奋力摆脱掉它们的时候，我发现那个人正看着我，以前没有人像这样看我。我不觉偏过脸，像某些时候那样侧身坐着，尽量小心翼翼、不动声色地调整着角度，直到我相信他看到的是我没有被任何印记污染的侧面，是我最好的角度。但我这样不是为了要和他开玩笑，而是因为羞耻。我听见雨声弱下去，我们似乎也没什么话可说了。恼人的光线又照进来。后来，他把汽水瓶放在柜台上就走了。走之前，他给我写了一张纸条，上面留下了那家医院的名字。

他走了以后，我看着那张纸条上的字，发呆了很长时间。我觉得刚才的事情、他说的话都不像真的，就像梦见的东西一样漂浮、虚幻。不知道为什么，我很想大哭一场。我想，他一定是可怜我。但我知道还有不少人可怜我，但他似乎和他们不一样。我把那张纸条装进了我裙子的口袋，在下班回家的路上，我一直把手放在那个口袋里，捏着它，确定它好好地在那儿。回到家里，我把它夹进一个塑料皮笔记本的内侧封皮里，放进床头柜第二个抽屉的最下面，压在姐姐写给我的信、爸爸送给我的带盒儿钢笔、还有几个朋友送给我的生日卡下面。后来，我就一直放着这个本子。

接下来那几天，我在店里查看记账本、发票本、翻烂的杂志、抽屉里面的零散纸片，总之一切可能用来临时记录一个人号码和名字的东西，但什么也没找到。我想负责人应该有，可我没有借口问他。所以，一直到现在，我也不知道那个人的名字。后来，我去过两次省城，去他告诉我的那家医院。不知道为什么，从登上火车的时候起，我就会想到他，好像我正往他所在的地方去。

第一次去是在他走了半年以后，我和爸妈说我想去省城看看。他们很惊讶，因为我从来不愿意出门。小时候，他们想带我和姐姐出去旅游，他们告诉我出去了可以看牡丹花、可以爬山，也可以去动物园，可以看宫殿，可以坐火车……后来发现说什么也不能打动我，他们就只好带姐姐一个人去了，让奶奶搬过来照顾我几天。奶奶从来不问："你为什么不去？"奶奶还对我说："去了也尽是跑腿儿，累死人，哪儿也没有家里好。"可现在，我自己说我要出门，还要一个人坐火车。爸妈显然很高兴，也没有问我到底想去省城看什么。爸爸马上决定由他去给我买火车票，妈妈劝说我一定要到人民公园看看，再去买几件新衣服，她还给了我二百块钱。我说我自己有钱，妈妈说第一次出门，要用她的钱。除了妈妈给我的钱，我从我的存款里又取了五百块钱。

刚好是冬天，爸爸买了站台票，把我送到车上。我穿着姐姐的旧鸭绒袄，用一条毛线围巾把脸牢牢围起来，露出一只右眼、半只像是涂满了紫色眼影的左眼。两个多小时，我一直坐在靠窗户的座位上朝外看着，用左手托着下巴、手指轻轻遮住那半只眼睛。和后来的那次旅途一样，我用一只眼睛观看沿途的景色，我也没有吃妈妈给我准备的苹果、鸡蛋还有几袋零食。我的围巾被呼出来的气息弄湿了，变得又冷又硬。

当我随着别人走出来，站在出站口外的广场上茫然无措时，我也想到他。似乎他就是一只手，会把我领到我要去的地方。一个骑摩托车的人上来问我，爸爸嘱咐过不要理这种人。后来，我坐上一辆三轮车，开三轮的是个女的。她给我要了十五块钱。

到医院里，我终于解开了围巾。不知道为什么，一旦到了医生面前，人就不会感到羞耻了。

医生凑近看着我的脸，说："这么大的面积？"

我心里猛地一沉，问他："这能治吗？"

他没有马上回答我，仍然研究着我的左脸。

过一会儿，他说："你这个一两次激不干净，面积太大，我估计，可能要连续治疗五到六次。”

“医生，有办法治好吗？”我急躁地问。

他笑了，说：“办法还是有的，得做好长期准备。即便不能和右脸一样白，颜色起码要减轻很多，基本上看不见。不过，你眼睛周围就没办法用激光打了，太危险，可能会伤到眼球。”

医生还告诉我，我脸上的这个色块叫“血管瘤”，不是一般的胎记。他告诉我激光治疗每次的费用大概要四千块。

从省城回来，我一路上都在计算，如果要连续治疗，达到医生说的效果，我可能要准备两万多块钱，我现在总共才存了三千多块钱，但我并不气馁。一路上，我也在想象那种神奇的光，它会如何钻到我的皮肤底下，抹去这块占据我的皮肤的、可怕的污迹。我还想象着当我终于完成治疗以后，我会是个什么样子，认识的人看到我会是什么样子，如果他再看到我……

我始终没有告诉爸妈那次去省城的目的，告诉他们只会让他们发愁，再说他们也没有钱。我也不想告诉姐姐。我希望自己谁也不依靠，能把这些钱攒齐。然后，有一天我就突然那样站到大家面前，好好的，只有左眼周围还有一圈淡淡的红色。当我从省城回来，敲开家门的时候，妈妈一定认不出我。有时候，我独自一个人躺在黑暗中，不厌其烦地让这些画面在脑海中来回闪动、旋转，我竟然会高兴得淌下眼泪。

我快二十四岁了，爸妈急着给我找对象，我不太关心。我只是不喜欢妈妈在介绍人面前那种低声下气的、仿佛自己亏欠别人很多的表情。我知道我的条件不好，但是我也不一定非要嫁给谁。可爸妈说，趁着年轻还容易找一点儿。可能像我这样的，就只有仰仗自己年轻的身体了。如今，我竟然不那么害怕见人了，虽然我还是想站在暗处，会不自觉地偏着脸，但我不那么害怕了。我不知道是不是因为我总在幻想，幻想有一天我也会变成美丽的。

我嫁给了一个城郊的人，他比我大九岁，腿有一点儿毛病。介绍人说，他小时候发烧，医生给他打针，把哪根神经扎坏了，一条腿就不灵便了。他没有架拐杖，只是走路的时候右腿踮脚、使不上多少劲儿。介绍人还说，他的病算轻的，难得他看上我了。

我们结婚以后我问他，难道他不怕我的脸吗？他对我说，他一开始也怕看我的脸，但是他喜欢我的身体，他说他那时就注意到我身上露出来的皮肤很光滑、白皙。他是个善良的人，和妈妈说了一样的话，他说："看习惯了就好了。"

我知道，他可以很快就习惯的，至少不再厌恶我的脸，但他永远不会喜欢。我们在一起的时候，他不会看我的脸，他只会看下巴以下的地方：脖子、胸脯、后背、大腿、手臂、膝盖……他的目光在那些地方游走、停顿，却有意无意地避开我的脸。有时候，他可能宁愿我的脸被什么东西遮起来，例如被衣服、毯子、随手扯过来的一条围巾。是不是这样他就可以把我想象成一个有甜美面孔的女人，一个他理想中的女人？我没有什么好抱怨的，怎么能指望别人喜欢这张连我自己都厌恶的脸呢？至少他还小心隐藏着他的情绪，而且真心喜欢我的身体。

我曾经假装不经意地提起激光治疗，说我在报纸上看到这个广告。第一次他看起来完全不在意，什么也没有问。第二次我又提起的时候，他说："一定是骗人的，胎记是天生的，长在肉里面，还能打掉？"

"人家都是大医院，不会骗人的。我也听说有人治好了。"我说。

"反正你又不需要，看习惯了也没什么不好，这么多年都过去了。"

"不知道打掉了会变什么样？说不定变成美女了。"我用开玩笑的口气说。

"变成什么样儿？变得不像你了呗。咱们这儿的人又不是不知道你原来啥样，何必花冤枉钱呢。"他笑着说。

我也笑了。但我想：我就该是这个样子吗？

结婚的时候，我办了一个三千块钱的存折，算是我的嫁妆，后来他把他的钱也都放进来。每个月，我把我的一部分钱存进我们的共同账户，把另一部分偷偷存进我自己的那个。我把我那个存折东掖西藏，但最后还是被他发现了。他很生气，问我为什么我要瞒着他。我说，我担心有一天我父母生病了，不方便用家里的钱，才偷偷存这么一笔钱的。他听了我的理由倒没有再问，只是诧异地看着我说："没想到，你这个人还挺有打算的。”我们没有争吵，但气氛比争吵后还僵冷。那以后很多天，他用一种冷淡、疏远的态度对待我。他可能觉得我是一个狡诈的女人，换了谁都会这样想。

那年夏天，我们有了一个女儿。当我第一眼看到她那张洁净的小脸儿时，我感到欣慰，我知道她会比她母亲幸福。美丽和丑陋，对于一个女人来说，这中间有太大的命运的鸿沟。当我把女儿紧紧搂在怀里的时候，我有一种剧烈的冲动：想把这些年的经历告诉她，告诉她一个小孩儿怎样从小在卑微中长大，怎样逃避学校和人群，怎样遇见了某个人，怎样怀着一个隐秘的、不敢说的希望……我知道我们没法用语言交流，我只能把她的耳朵贴在我的胸口，在心里反复想着这些事。但我相信她能听到，有时候她像是突然被刺痛了一样哭起来，或是倾听着睡着了。如今，我有了另一个理由。她会慢慢长大，大到足以从别人的嘲笑里感受屈辱，我不想让女儿为我忍受自卑和痛苦。我希望我至少不是这样怪异、丑陋。

我本来以为就这样平静地等下去，存折上的钱会稳定地增长，也许再过两年就能接近那个数目了，我就可以开始治疗……但女儿快两岁那年，我公公得了脑血栓。医院建议请区里的专家来做手术。我们需要一笔钱，但我们公用存折上的钱不够，丈夫想让我把我的“私房钱”拿出来。他说以后我父母有了什么事儿，家里的钱随便我用。我没有答应。他又说：“就算我借的，我先借你的，以后我会还你。”我仍然不答应。实际上，我完全没了主意，我只是觉得心里一片混乱、痛苦。

“你想怎么样？现在我爸爸躺在医院，你让我看着他死吗？”他发怒了。

我看着他，他被钱的事情为难坏了，好像一下子变成了狂暴的老头儿。我可怜他，但我只能空洞地看着他，使劲儿地咬嘴唇。他突然扑过来，猛地拽住我的胳膊把我往前甩去，我于是扑倒在地上。我听见他朝我大叫：“那是我爸爸呀，你叫我怎么样？”在我还没有爬起来之前，他又把我拉起来，推到沙发角上。

那天晚上，我带着女儿回爸妈家里去了，我担心如果我在他面前走来走去，他还会忍不住对我动手。第二天中午，我仍然去医院看公公，给他带了我炖的汤。但他有点儿昏迷，什么也不能吃。婆婆和丈夫都在，丈夫一句话也没和我说。晚饭的时候，我也去了。公公醒了，躺在床上，右边的眼角、嘴角都往下耷拉着。婆婆喂他吃粥，粥总是从他的嘴角流出来。他的目光有点儿迟钝地在我们脸上扫来扫去，什么话也说不出，突然哆嗦着哭起来。从医院回来的路上，我感到一种越来越沉重的东西狠命地压着我，止不住地哭出声来。街上的人来来往往，似乎谁也没有注意到我那一会儿尖锐、一会儿嘶哑的怪声。哭完了，我就像被掏空了一样。

第二天中午，我回到家，妈妈说上午的时候我丈夫来了一趟。爸妈脸色凝重，说要和我谈谈。他们教育我说，谁都有父母，要把他的父母当成自己的父母；他们还说，你怎么对待人家的父母，他将来也怎么对待你的父母；还有，不用我“死攥”着钱给他们防老，以后的路还长着呢，现在的事儿要紧……他们你一句我一句说了那么多，我只是垂头坐在那儿，一个字也不说。

“你下午就去，给他把钱取出来，算我替你做个主。”爸爸说。

我不回答，眼睛死死盯着地面。

“你那一万多块钱就那么贵重？”妈有点儿生气了，“我和你爸刚才也商量了，要把我们的钱也取出来，可我们那点儿钱也不够。我可不明白了，谁给你商量都不行，钱对你就那么重，比命还重？”

我这时抬头看着他们，我知道说什么都没有用，但我还是说了：“我这钱是留着要整容的。”

他们顿时愣了，用一种异样的、充满疑惑的目光看着我。

我说：“我去省城问过了，我这边脸上的胎记可以打掉，要花两万多块钱。我已经攒这么多年了，现在你们叫我一下子取出来……”

我说不下去了，用指甲使劲儿抠着椅子的扶手，哭起来。

他们带着一种难堪而又木然的表情坐在那儿。我发现真正说出来了，也没有什么好羞耻的。

过一会儿，我用纸把脸擦干净，对他们说："我会把钱取出来给他的，你们别操心了。"

爸爸这时才叹了口气，低声说："现在连孩子都有了，就别想太多了。"

妈妈抹着泪，什么也没说。

下午，我把钱取出来送到医院，交给我婆婆。我没有感到多大的痛苦，一滴泪也没有掉。似乎我早知道结果就会是这样，虽然我还是挣扎了一下。就会是这样，不是打击，也不是阻碍，而是什么都被一笔勾销了，抹得一点儿痕迹也没有。

公公出了院，后遗症是比较轻微的偏瘫。我真的替他高兴，那些钱总算没有白花。公公恢复后不久，我抽空偷偷去了一趟省城，就是想去看看那家医院还在不在。我在那家医院外头站了一会儿，我发觉我比好多年前离它更远了。差不多整整一天，我都在坐车。我感到我就像一直在赶路，虽然缓慢也赶了很多年。可一切又从头开始，却和当初完全不一样了。就像一条路太漫长，走得终于没有力气也没有什么希望了。

我快三十岁了。出于习惯，我仍然攒钱，但我只是麻木地注意着那些细微的数字变化。我唯一的快乐来自我的女儿，可是一想到她就要长大，就要上学，我就感到一种急迫而又无计可施的痛苦。

那天晚上快下班的时候，我在商店后面的小隔间里拆开一个纸箱，要拿几袋饼干补充到货架上去。隔间里的光线昏黑，弥漫着灰尘的味道，堆着大大小小的纸箱、黑色和橙色、黄色的塑料袋、一捆捆用塑料绳绑起来的啤酒。我把好几包饼干搁在怀里，还没有转身的时候，发现有人从后面抱住了我。我叫了一声，但等我发觉他是谁的时候，我就喊不出来了。我只是一个劲儿地要挣脱他，我怀里的饼干全撒到了地上，我感到我的脚步胡乱地踏着，那些脆弱的东西就在鞋子底下破碎了。我踢他，抽出手来抓他的脖子、头发。他最后放开了我。我冲到外面，立即收拾我的东西离开了。他一直没有从隔间里出来。

他以前是店里的负责人，我们那个国营公司倒闭以后，他把店接了下来。很多营业员来了又走，只有我一直留下来，我们共处了十多年，他总是开玩笑说他是看着我长大的。他竟会这样对待一个像我这样的女人？可能因为他离婚了，可能因为他觉得我这样的女人不会拒绝他……我受了太大的震动，简直不知道应该气愤、害怕还是怎么样。

第二天，我不敢去上班，我打电话请假。他说："我是一时冲动，你给我个机会解释。"我想：我不能丢掉这份工作。于是，第三天，我又去上班了。下午，他来了。没有客人的时候，他隔着柜台站到我的斜对面，低声说"对不起"。我一言不发地转过身收拾货架。他又在我背后说了一通解释的话。最后，我转过身，漠然地看着别的地方。他这时对我说，不要把他想成个流氓，他是真心喜欢我，从很早的时候就喜欢我。我想：能相信他吗？他在撒谎，而且这个谎言比任何羞辱都可恶。我竟然忍不住哈哈大笑起来，笑得眼泪都流出来了。

他先是有点儿惊恐地看着我，我确实像是笑疯了。后来，等我终于笑完，当着他的面毫不掩饰地擦脸上的眼泪时，他像是突然回忆起来什么似的笑了一下，说："一开始我也不觉得，有人和我说了，我才觉得如果不是那个记，你其实很好看……算了，不说这些。主要是你的心好。我和你在一块这么多年，我知道。你别以为我专门用这话哄你，我还没有坏到这个程度。"

"有人和你说？谁和你说了？"我听见我声音发抖地问。

"谁？说了你也不记得了，都很多年了。"

"那就别说了，我一定不记得。你们都瞎了眼了吧？"我恶狠狠地说。

"你别鄙薄自己，我一直都想和你说这句话。"

我瞪着他，我的眼睛一定烧得通红，我真想上去在他那张汗津津的脸上狠狠打一巴掌。他凭什么这么说？可他说完就走了。

他走了以后我感到虚弱，没有客人的时候我就在出神地想。有时候，我从柜台的玻璃里看着我的脸，那张脸是无色的。下班的时候，我骑车穿过那些灰蒙蒙的街道，在几个临街的橱窗前突然看见自己的影子，被那张仓皇、分裂的脸吓坏了，我觉得我简直找不到一个地方把自己藏起来，我发现我还是没法习惯那张怪异的脸。

当然，我和他好了，尽管他比我大十四岁。很多年前的那个人似乎在他身上留下了一点儿什么，我宁愿这么想。生活就是这样，你以为已经是这样了，可它突然有个转机，于是什么又都改变了。我只是不明白为什么当那事发生了以后，我竟不以为耻，似乎我的身体并不属于我，因此它到底要属于谁对我来说竟没有什么切肤的感觉。也许因为我生来就是丑陋的、遭人厌弃的，我竟没有了某一种羞耻感。可我愿意和他在一起，尤其是在他提到那件事之后，我觉得他爱我。他说，他会带我去整容。这是他主动说的。我猜想除非他爱我，他才知道什么对我来说最重要。

所以，我也顾不了太多了，我打算和他结婚。如今，周围的人又有了鄙视我的理由，风言风语早已传开了，我搬回了爸妈家。人们看着我，他们的眼睛好像在说：这么丑的一个女人也有脸背叛自己的丈夫？我知道，就连在我父母的眼里，我可能也是个可耻的、不可理喻的女儿。可我也想过，我衡量过，我发现，我从来没有快乐的活过，这不才是最可怕的事吗？现在，有一个人爱我，这是我从来没有享受过的奢侈东西。他愿意帮助我，于是那个机会又在我前面闪闪发光了，我怎么还能迟疑呢？

办离婚手续的那天，丈夫签了字以后眼里噙着泪，可我什么安慰的话也说不出。我们从屋里出来的时候，外面下起了雨，绵密的细雨。我看见婆婆拉着我女儿在法院门口站着，女儿的小手里抓着一把伞。我于是停住了，前夫拖着步子很快地朝门口走去。我躲在走廊上那根方形的水泥柱子后面看着，直到他们一起转身离去。那时候，我女儿再过一个多月就满四岁了。我没有争抚养权，把她留给了她父亲。在柱子后面站着，我想起很多年来的很多事，好像我一直都在这个柱子后面站着、隐藏着自己，回忆就像河流一样突然穿过了我，好像当我再一次望出去的时候，三十年就过去了。那天，爸爸说，“孩子都有了，别想太多了。”可为什么这么多年了，我结婚了、生育了，周围的嘲笑和鄙视几乎消失了，我却还对自己的丑陋耿耿于怀？我想到，如果我是个男人，可能我早就接受了。可我是个女人，可为什么女人就得在乎？也许我就是那种偏执、自私、虚荣的女人吧，就让每个人都这么去说我吧。

我就像做了一个疲惫又激动的梦，醒来的时候身体还在微微发抖。然后，我慢慢走出大门，站在那儿，往他们离去的方向望着。这时雨已经变小了，天空中的亮光和淡淡的阴霾交汇在一起。我看到他们没有打伞，女儿走在中间，婆婆和前夫一边扯着她的一只小手。他们看上去很幸福，又似乎很悲伤。我知道，我不应该伤害这些人：一个对我很好的男人，一个善良的老人和我自己的孩子……可我还是得离开他们，往另一个方向走，因为我不能放弃眼前这点儿希望，因为从我懂得分辨痛苦和快乐的时候起，我就一直这样希望着，希望自己是美丽的。

2009 年 10 月于新加坡

怜　悯

“孩子，你笑了一整天，到了夜里，你保准会哭。”

——奈保尔《花炮制造者》

来到这个劳改农场工作后，我还是第一次出差，带一个犯人保外就医。一起去的还有另外两个干事，老刘和老陈。我们开了一辆押犯人的面包警车去地区总医院，我不会开车，就坐在后座。

从监狱到市里去，有段比较长的山路。路道狭窄，路面被运煤的大车碾坏了。他们说，单是这段路，就得耗上将近三个小时。路面的柏油早就蚀光了，剩下一条曲折的、布满大小坑洼的土路。路面上那层厚厚的灰黑色煤屑，一过车就荡起来，遮住人的视线。一路上，我们也聊聊天，但大部分时间，只听见汽车在路上颠簸时发出的声音，有时是吱吱呀呀的金属部件摩擦声，有时像一头爬出深沟的牛发出的沉重吭哧和喘息。

犯人躺在隔离栏后面，我一转头，就能越过那些细钢筋杆看见他，但我尽量不去看他。他在后面不时发出让人难受的呻吟声，我猜想颠簸让他的身体某个地方很疼痛。后来，车在一个山路转弯的地方几乎和一辆运煤的大车打照面，于是干事老陈猛打方向盘躲闪，我们这些人差点被从座位上甩出去。这时候，我听见犯人发出一声尖厉的喊叫。车子稳下来以后，老陈和老刘一边痛骂大车司机，一边总结化险为夷的经验。我这时朝犯人扫了一眼，发现他的身体从刚才趴着的地方被甩到靠近车门的地方。他似乎想挣扎着回到原来的地方，于是费力地蠕动着躯体，铺在他身子底下的那条破毯子就被扭成了一疙瘩。看来这个人的脊椎病得很厉害。我当然不能叫车停下来，给他调整躺卧的姿势，但我看着那个徒劳无功地蠕动着的躯体有些心烦，就说："你别再动了，你越扭越不舒坦。"

"什么？他在干什么？"爱咋呼的老刘马上大声问道。

"没事儿，他躺偏了，想挪回去。"我带着嘲笑的口气说。

"你还挺知道舒服的，想舒服你别犯罪啊，你进了监狱还想舒服？躺好！"老刘从前面对犯人发威。

老陈也冷笑了一声，说："曹大余，你最好老实点，别以为你得个病就有优待了。因为要送你去医院，我们几个刚才差点搭上命，他妈倒霉着呢。你不想想，你是个什么坏东西？这时候你后悔了吧？你这种人就是坏事儿干太多，报应来了。要让你这种人都舒服了，那他妈就没天理啦。"

犯人害怕了，他不再试图蠕动着爬回原来的位置了。他保持面朝下趴着的姿势，把小手臂垫在脸的下面。毯子已经皱成一团，他的大部分身体都贴在车厢的铁皮上。但他穿着犯人的冬衣，应该不会有什么问题。他仍然不时发出呻吟，我尽量置若罔闻。我想，老陈说得对，他现在忍受的一切不过是对他以往恶行的惩罚。

这个曹大余从小死了父亲，没人管教，和附近的不良青年混在一起，成了他村里谁也不敢惹的地痞恶棍，偷、抢、殴打其他村民、侮辱妇女，什么坏事都干过。据说，有一次他母亲劝阻他，他不知道怎么昏了头，竟然顺手拿一个耙子朝老人扔过去，把老人的脚严重砸伤。他的恶行在监狱里广为流传，于是，在他两年多来的服刑期间，其他的犯人都看不上他，时常要找他的麻烦。初来的时候，我不了解这回事儿。但后来，他们都告诉我，曹大余的事儿你不要管，这样的恶棍，该修理一下。

有天下午，我刚走进办公楼的过道，有个老人朝我迎面跑过来，到了面前的时候，突然跪下了。我吓了一跳，她说："别再打他了，别叫人再打我儿啦……"这时，从后面追上来的两个警卫把她拉起来，赶出去了。这个老人，就是曹大余的母亲。原来，她探监的时候看见儿子又被打了，就冲到办公室里闹，看见穿警服的就下跪，叫饶了她的儿子。后来，她又来闹了一次。我们只好叫为首的几个犯人收敛点儿。那以后，我感到安心了一点儿。不，我一点儿也不同情曹大余，可我是新来的，我觉得还是一切照规矩来比较保险。

四天前，我们接到曹大余紧急保外就医的通知，要从厂部医院转到地区总医院去。有干事去厂部医院打听，得知曹大余的脊椎长了肿瘤，属正常疾病，排除了殴打所致的可能。我们去厂部医院接他的时候，发现他已经走不成路了。护士给他在车后面铺毯子，把他面朝下安置下来。我们站在一旁冷眼看着。可能，其他两个人和我想的是同样的问题：这个虚弱得没法走路的人就是那个恶棍曹大余吗？

我们谁也没和犯人搭腔，就开车上路了。

山路就快走到头了，老刘建议下车抽烟透气，屁股已经颠疼了。我就要推开车门的时候，听见犯人嘟哝了一句什么。

“你说什么？”我故意大声问。另外两个人此时都已经下车了。

“王干事，报告……我……我想小便。”他嘶哑着嗓子说。

“坐在后面真是倒霉。”我想。

“你等着吧。”我没好气地说。

我下了车，发觉外面冷得很，空气也好得多。那两个人正说笑着，老刘也递给我一根烟，我们就站在那儿说了一会儿闲话。看他们都把第一根烟的烟头扔在地上踩灭了，我才说：“那家伙要小便。”

“事多儿！”老刘不耐烦地说。老陈却没有搭话，又拿出一根烟燃着了。

我等了一会儿，又问：“怎么办？我看他自己不行。”

“怎么办？叫他憋着。”老陈高声说，是要叫曹大余听见。

我们都笑了，但我笑得有点儿难看。我知道，因为犯人是向我报告的，事情就变成了我的。他们的意思是叫我自己解决。

我问："要开手铐吗？"

"像他这种病，开不开都一样。"老陈模棱两可的说。

于是，我从他那儿要了手铐钥匙，走过去拉开后面的推拉门，要犯人坐起来。

"王干事，我不能坐，坐不起来，我后面……太疼了。"曹大余声音里带着哭腔。

我瞪了他一眼，拉着他的双腿把他半个身子拉出来，打开了他的手铐。这时候，他的两条腿挂在车门外，上身却还是使不上劲儿。我懊恼地看着那晃荡在车门外的两条瘦腿，我知道老刘和老陈也在看着我。这时，我又听见犯人急促地哀求："王干事，我快忍不住了。"

我上去抱住他的腰，把他拖下来，身子斜靠到车门上。可能我拖拉时用力太猛，他哀号起来。我的心竟然揪了一下。随后，我在一边厌恶的扶着他。等我再度把他的手铐起来，面朝下推进车里时，发现他把尿洒在棉裤上不少。

"王干事……"他又想说什么。

"进去！"我生气地喊，"老实躺着！"

我脸色阴沉地走过去把钥匙还给老陈。他还开玩笑说："那家伙没尿裤子吧？"

我笑了笑，没回答。

老刘说："是其他人我就帮，这个坏蛋就得治他，就让他尿裤子。"

我说："说得容易！尿到车里不还是你刷车？"

老刘嘿嘿笑了，说："这我可没想到。你小子脑袋灵光着呢。"

又坐到车里继续赶路的时候，我对刚才的行为有些后悔。我不应该那么粗暴地拖拉一个病人。但我知道，我的每一个同事，每一个知道他所犯下的罪恶的人都可能这么干，或者会更糟。老刘和老陈把烂包袱扔给了我，如果我不接，他们可能任由曹大余尿在车里、泡在自己的尿液里。

我看着坐在前面的那两个人的沉稳的背影，觉得和他们比，我确实有些幼稚、软弱。

将近中午的时候，我们在途经的一个县城下车吃饭，两点钟左右到了地区总医院。医院的门诊楼里异常拥挤、嘈杂，我和老陈跑来跑去地找医生、挂号，老刘在车里等着。病房确定以后，一个护士领着两个护工来抬犯人。老陈一拉开后车门，护士就叫起来："你们怎么让他这么躺着？"老陈说："怎么让他躺着？我们又不是医生，不知道怎么躺着好。"护士不满地从鼻子里哼了一声，叫护工把犯人抬到担架上去。这时，我看见她眉头猛然皱起来，用手掩了一下鼻子，显然，她看见了犯人裤子上那片尿渍。

我们跟在担架后面，走在阴冷的、散发着药水、针头、棉球、碎玻璃和各种古怪气味的走廊里。老刘习惯性地掏出一根烟，还没有点着，就被护士喝止了。她说："病房楼是无烟区，要吸到外面吸去。”

老刘嘟哝了一句“说话真好听”，就转身往外走。

犯人被护工们安置到床上，不知道为什么，我心里也松了一口气。我和老陈坐在对面那张铁床上。又一个护士进来，拿了一个吊输液瓶的木架子。两个护士嘀咕了几句话，突然都用有点儿怪异的眼光瞅了我们一眼。

“你们给病人带了替换的衣服没有？”把老刘赶出去的那个护士生硬地问。

“没有。”我说。

“他的衣服不是好好的？”老陈说，“别说他了，我们自己还没有带替换的衣服呢。”

“病人的裤子尿上了，你们最好再给他找一条裤子。脏衣服容易污染伤口。”拿木架的护士态度还比较平和。

老陈说：“我们怎么想办法？这不是我们职权范围内的事儿。我们就是来看管犯人的。我们给他买一条棉裤，谁给我们报销啊？上面也不会……”

脾气不好的护士打断他，嘲讽地说：“你们把病人看管得真好。”

老陈纠正她说：“是犯人，不是病人。”

那护士还想说什么，被另一个劝阻了。我也对老陈说：“算了。”老陈脸上还微笑着，一副根本不把她放在眼里的样子。我看看曹大余，他闭着眼睛，五官有点扭曲，脸色灰白，像蒙着一层脏兮兮的油汗。

护士走了，老陈说："不知道怎么回事儿，现在的护士都觉得自己了不起，比医生还拽，态度他妈差得很。"

我说："应该到咱们那儿去，好好管教管教。"

老刘也进来了，我们又把刚才护士找茬儿的事儿说给他听。老刘评价道："这些东西，就是缺乏劳动改造。"

很快，那护士又跟着医生进来了。我和老陈仍然坐在床上，老刘靠床头站在窗户旁边。护士拉长着脸，看也不看我们一眼。医生说他已经看过厂部医院转来的病历了，会尽快安排手术。这时，犯人睁开眼，医生问了他一些问题，他回答的声音很微弱，发音又混浊不清，医生只好俯下身去听，而我们什么也听不清楚。犯人显出很痛苦的样子，到后来就低声哭起来。老陈对我耳语道"见了医生跟见了他爸似的"，我竟然笑出了声。医生和护士都很诧异地看了我一眼。过后，我听见医生说："先给他打一针吗啡。"

打了吗啡之后，犯人的五官不再拧得那么难看了，也不再发出那种哼哼唧唧的声音。过一会儿，我发现他睡着了。这时候，外面的天也快黑了。于是，我说我出去买些吃的。

外面刮着猛烈的冷风，病房楼区前面的大树树杈在风里面猛烈摇动、噼噼剥剥地响。路灯的灯光像一团黄雾。突然从暖和的房间里出来，暴露在外面凛冽的寒气里，我冻得直打哆嗦。走到医院门口时，我踌躇了一会儿，转身去附近的一家小卖铺打听哪儿有卖饭的地方。

"哪儿都有，看你吃什么啦。"老板冷漠地说，他那张脸在瓦数不够的灯泡底下显得枯黄、浮肿。

“家常便饭、小吃，什么都行。”我想发火，但忍住了。

他又从上往下打量了我一会儿，讥讽地说：“是警察同志啊？往前走，到路口左转，再往东走，有一条斜街，都是卖吃食的。”

我快步走着，对周围的一切感到厌恶——黄昏时候沉淀下来的散发着臭味的废气，路灯下倦怠地翻转着的烟尘，鲁莽地、快速蹬着车的市民，表情呆滞的路边小贩儿，紧贴着人行道护栏的垃圾堆……肮脏、凌乱、漠然。我对这个城市没有任何好感，尤其不喜欢医院里那股让人憋闷的怪味。我明白出差是怎么回事儿了。

我很快又回到医院，我们就在病房里吃买来的炒面条和小菜，还喝了一瓶半斤装的白酒。我们吃饭的时候，犯人醒了。他的眼睛盯着桌角那儿看了一会儿，又闭上了。我想到犯人从早上到现在还没有吃任何东西，但我又想，这不是我一个人应该操心的事儿。

喝完酒，大家的心情好了一点儿。老刘又从下面买了一副扑克，我们三个人就打斗地主。玩得正兴起，一个年龄较大的护士进来，叫我们不要吵闹，影响病人休息。

我说：“病人不是睡得好好的？”

老护士不满地说：“你的病人睡得好，隔壁病房的就不被影响吗？”

我们输了理，就不和她争辩。看看表，也到该休息的时间了。照先前商量好的，他们两个回招待所去睡，我睡在病房里值班儿。

他们走了以后，我去简单地洗漱了一下。回到病房里的时候，我发现曹大余醒了。

“王干事。”他喊了我一声。

“什么事儿？”我仍然用平常管教犯人的腔调问。

“今天在车上，谢谢你啦。”

我没搭腔。我猜想在我要拉上车门时，他想说的也就是这个事儿。

后来，我把灯关了，对他说：“有急事儿你叫我。”

灯熄灭之后，屋子里渐渐充满了从窗外透进来的墨蓝色光线，就像玻璃一样透着冰冷的意味儿，但酒精使我的身体温暖。我在这光里睁着眼想了一会儿乱七八糟的东西，就睡着了。

半夜里，我听见犯人在床上动弹。

“什么事儿？”我坐起身问。

“想小便。”他很怯懦地说。

我重重地叹了口气，摸过去把灯打开，按墙上的值班铃叫护士。很快，那位老护士推门进来。

“怎么啦？”她问

“病人想小便。”我说。

“病人想小便，你不能扶着他去吗？”她很惊讶地瞪着我说。

我告诉她："我是警察，不是他家属。"

老护士盯着我看了一会儿，我也不甘示弱地看着她。最后，她冷冷地说："等一下。"

她再进来的时候，拿着一叠黑色的塑料袋。于是，我们两个扶着病人，让他坐在床边小便。过后，我把塑料袋扔到男厕所里去。这时，楼道里只亮着昏黄的顶灯，白日的喧嚣、呼喊、痛苦终于都沉静下来。但隔着紧紧掩闭的门，某些病房里仍传来低语、呻吟和压抑的低泣。我在楼道尽头的大窗户那儿站了一会儿，呼吸着从窗缝里渗进来的冷冽但清新的空气，心想：以后我生病的时候，千万不要连小便也得别人帮忙。

我回来的时候，护士正喂犯人吃药。似乎疼痛又发作了，他脸上直流汗。

我问："不需要打针吗？"

护士说："能忍就让他忍，给他吃止痛药就行，老打针也不好。"

夜里，恍惚中我似乎又听到犯人的呻吟声。有两次，我醒过来了，但发现犯人睡得很安静，并没有发出什么声响。

第二天早上，老刘六七点钟就来了，换我回去睡觉。我到了招待所，老陈也起床了。他说，他上午去看一个亲戚，医院那边就交给老刘好了。房间里只剩下我一个人，我睡不着，躺在床上看电视。快十一点钟的时候，我又回医院了。老刘正自己和自己玩儿牌，一看见我就站起来，笑着说："救星来了，我先去外面抽根烟，快憋死了。"

“没什么事儿吧？”我问，把棉警服脱下来挂在床头的铁栏杆上。

“没事儿，上午做过检查了，明天下午动手术。”

我在床上坐下，拿桌子上的卫生纸擦我的皮鞋。我扫了一眼躺在床上的犯人，他竟然对我挤出了一个笑。我没搭理他，继续仔细地擦皮鞋。但我心里想：一个人一直那样趴着、不能翻身儿是个什么滋味儿？我想象不出来。

快中午的时候，老陈回来了，从外面捎了饭菜。和昨天一样，我们三个人又喝了半斤白酒。吃饭的时候，昨天那个坏脾气的护士来了。我们谁也不和她说话。她给犯人量完了体温，问：“你们给病人打饭了没有？”

“没有。”我们异口同声地说。

“你们不能这样啊，”她好像生气了，“你们自己知道饿，病人就不知道饿？他是重病号啊，你们从昨天到现在一点儿东西都没给他吃。”

我和老刘还没反应过来，老陈已经很沉稳地开始说了：“姑娘，话不能随便说。什么叫我们不给他东西吃？我们吃的每一口东西都是从上面给的补贴里扣的，都是得到批准的。上面没有批给我们替他买饭的钱，我们拿什么给他买？你如果不满意，你可以找我们监狱领导说。”

护士眼睛都瞪圆了，说：“我不信不给病人吃饭也是你们的规定。”

老刘声援老陈说：“这你就不懂了，我们的规定是，上级还没有安排的事儿我们不能干，没有批示的钱我们也不能花。”

老陈又拿腔捏调地说：“护士同志，你不知道你这个病人有多坏。知道了，你就不会喂他吃药了，不会给他打针了。大恶棍一个，坏事儿做绝，他村子里的人他哪个没打过，连他妈都打。你要让他吃饱了，他连你也打。”

老刘在一边大笑起来。

护士愣了一下，把门猛地摔上走了。老刘和老陈在后面骂了几句，我说：“算了，算了，她懂什么。”但我知道，犯人保外就医有伙食补贴。如果不是曹大余这么坏又没有关系的犯人，就会有干事帮忙去医院食堂打饭。

下午老陈值班，老刘让我和他一起去商场给孩子买玩具。临走的时候，我对老陈说：“要是犯人想小便，你就叫护士。黑塑料袋就放在桌子斗里。”

老陈转脸对老刘说：“看小王，真知道操心。”

我的脸一下子烧起来，后悔多说这句话。

晚饭后的娱乐仍然是打牌，但我们收敛了一点，尽量降低音量，免得老护士又来纠缠。九点多的时候，犯人嚎叫起来，我们就按铃叫护士。值班医生也来了，给他打了针，他才安静下来。那天晚上是老刘值班，我和老陈回招待所休息。很快，老陈开始打鼾，鼾声开头浊重，后来就像一根线拉得又细又长。在这单调的声音里，我一直试图摆脱那种好像压在我心脏上面的沉重的、让人气闷的东西。我想到，犯人已经两天没有吃东西了。但这不是我一个人的事，如果我非要给他吃，他们可能会不高兴。我责备自己的软弱，为什么我不能像老陈和老刘那样呢？他们从不让软弱侵入自己，而我应该让自己和他们一样。

后半夜的时候，外面刮起了大风。风穿过筒子一样狭长的街道，在建筑物之间回旋、呼啸，剧烈摇撼光秃的树，使我们房间的铝合金窗户也发出轻微但急促的振动。不知道为什么，我想起那些无家可归的、可悲的狗。在这种时候，它们会躲在哪里，还是仍然在寒风肆虐的街头奔跑觅食、找一个庇护的地方？

第二天上午，护士给犯人灌肠、净身，还给他换上手术服。于是，他床上那股难闻的气味儿总算减弱了。下午，犯人要进手术室，老陈代表监管方签了字。医生问："你们觉得真不需要通知病人家属吗？"

为了保险起见，我们打电话向场部请示，答案是"暂时不必通知犯人家属，除非有生命危险。"

医生模棱两可地说："很难说，脊柱肿瘤一般切除不净，病人的体质也有点儿弱。昨天上午我们给他做了全面检查，发现肿瘤细胞暂时还没有转移到别的器官。不过，有的病人抵抗力不强，可能会出现手术并发症，不过，这种可能性也不是太大……"

从他的话里，我们什么结论也得不出。老陈说，应该没事儿，医生一般都不说有把握的话，免得将来承担责任。

将近两个小时后，他们把他推进来，照原来的姿势放在床上。医生说病人有点儿昏迷，麻醉药还在起作用，现在要给他输止血的药液。医生临走时还嘱咐我们不要在病房里抽烟、喧哗。他走了以后，老刘开玩笑说："妈的，到了医院，归他管了。"

我们三个歪坐在床上瞎聊。中间，护士来了一趟，给犯人换输液瓶。冬天天短，屋子里又慢慢暗下来。我走过去拉开灯，看看表，快五点半了。老刘去桌子那儿倒开水，这时候，犯人突然说了句什么，我们才知道他已经醒了。

"你说什么？"老刘的大嗓门问。

"刘干事，你帮我盖盖被子吧，我冷得很。"犯人说，声音虚弱得有点儿发抖。

我朝他那儿看了一眼，发现他的被子不知道什么时候翻到上面去了，在靠近膝盖的地方扭成一团。犯人没有穿袜子，光脚和穿着单手术裤的两条小腿都直挺挺地暴露在外面，手术裤的裤脚也卷了上去。

"说什么？"老刘故意重复了一遍。

老陈忍不住笑起来，说："刘干事，他叫你给他盖被子呢。"

我也跟着笑起来。

"我冷得很，太冷了。"犯人说，声音更低了。

"躺好，不许乱动！听见没有？叫我给你盖被子，怎么想的！"老刘朝他嚷起来。

于是，犯人斜着眼看看我们，再也没有提什么要求了。后来，他闭上眼睛，我想他可能又睡了。

过一会儿，墙上那个灰色的、蜂窝状的小洞里先是响起一片轻微的噪音，然后一个尖利的女声问："312 房，病人情况怎么样？没问题吧？"

迟疑了一下，离听筒最近的老陈故意瓮声瓮气地说："情况稳定，无疼痛感，病人目前正在睡觉。"

我和老刘又笑起来，我还说："你专业得跟护士似的。"

老刘说："你还别说，他爸以前就是军医。对不对，老陈？"

这时候，我的手机响了。有个警校的老同学劈头盖脸就问："你这个家伙，到了这边也不和我说一声。"

聊了一会儿，他坚持晚上要请吃饭，说马上就开车来医院接我。

我让老刘和老陈先去买饭。他们走了以后，我就走到窗口那边站着朝楼下看，看见他们俩穿过隔开病房楼区和门诊区的那道花墙，沿着那条灰色的水泥路往医院大门口走去。我心里莫名其妙地有点儿紧张，希望犯人不要醒，不要叫我。我忍不住朝他那儿瞥了一眼，发现他裸露在被子外面的小腿蜷缩起来，干瘦得像两截褐色的树干，我不禁打了一个寒战。还好，他没有叫我。如果他叫我，我真不知道该怎么办。给一个不能动的人盖上被子是再容易不过的事儿啦，但他是一个犯人，而且是被众人憎恨的犯人，我不该可怜他。如果我帮他盖上被子，他们一定会发现，他们会嘲笑我，还会告诉别的人。我不能冲动，不能出格，不能犯我们这行最大的毛病……我没有坐回到他对面那张床上，而是一动不动地站在窗户前面，背对着他。我焦躁地等着，电话又响了，老同学已经到门口了，我叫他等我一会儿。

我终于看见老刘和老陈提着袋子，穿过那道花墙的月门，于是准备出发。我穿上警服上衣，戴好帽子和手套。走到病房门口的时候，我又朝犯人扫了一眼。这是个错误，因为我发现那张苍白得像纸一样的脸费力地仰起来，一双眼睛正看着我，眼神里流露出我从来没有见过的哀求和悲伤，嘴角还抽动着。我吃了一惊，担心他要对我说什么话，赶紧拉开门走出去。我在走道上碰见他们。“吃饱喝好。”他们笑着对我嘱咐道。

我恍恍惚惚地跑下楼梯，发觉额头上竟然出了汗。可外面是那么寒冷，坐进车里以后，我身上仍然不住地打寒战。老同学递烟给我，我连着抽了两根，手还抖个不停。他笑着说：“要不是你刚从医院出来，还以为你发疟子呢。”

他又叫了三个陪客，都是市局的同事。那天晚上，我们五个人吆三喝四地灌了三斤白酒。酒精终于让我暖和起来，也来了兴头。酒店包间里有卡拉 OK，我那同学又叫了一箱啤酒，大家边喝啤酒边唱歌。可有时候，一张脸突然跳出来，尤其是那个抽动着、想要说话的嘴角，让我顿时感到被什么东西钝击了一下。很快，我又抓起话筒唱起来。大家碰杯子、抢话筒、合唱，玩到将近十二点。我喝得晕晕乎乎，被他们送回招待所。我用冷水洗了个澡，在床上躺一会儿，又觉得清醒了。

房间里暖气开得不足，我把自己紧紧裹在被子里面，上面还压着一条毛毯。我想试试看，把被子蹬开一个角儿。外头的凉气立刻灌进来，脚很快就麻木了，寒气还直往屁股、脊背上爬。我赶紧又把被子掖好了。我在严严实实的黑暗中躺了很久，听着老刘放肆地打呼噜。手表放在床头桌上，走针儿的声音单调、清晰、深邃，仿佛它是在我的体内震动。我来回翻身儿，最后一次看表的时候，已经四点十多分了。我想：这不是我的责任。我想：护士总会进去换药的，到时她就会给他盖好被子，不让他受冻。后来，困意终于把我卷走了。

我似乎还在睡梦的边缘徘徊，听见电话铃响了。老刘毫无反应，我只好挣扎起来接电话。

“你们早点儿起来吧，起来到医院。犯人不行了。”

我反应迟钝地问对方：“现在几点？”

“快六点了。”他说。

我这才意识到是老陈从医院打来的，而且他刚刚说“犯人不行了”。

“怎么回事？”我问。

“哎，来了就知道了。”老陈不耐烦地说。

“我们马上就去。”我说。

我套上裤子就去叫醒老刘。

赶到医院的时候，老陈就在楼道里靠近护士站的地方等着。

“犯人呢？抢救了没有？”老刘问。

“刚刚死了。”老陈说。

我和老刘站在那儿愣了一会儿。

“怎么回事儿？”老刘把他的大嗓门压低了一点儿，“手术不是也没出什么事故吗？”

老陈说：“今天早上三点多的时候，我听他哼哼的声音不对，就叫护士，护士赶紧叫医生来，后来就说病人昏迷了，要抢救。总之，没能抢救过来。”

停了一会儿，我问：“给场部说了吗？”

“还没上班呢，没人接电话。”老陈说。

“犯人呢？”老刘又没头没脑地问。

“不知道，弄太平间去了吧。”老陈说。

我们三个脸色难看的在过道上站了好一阵子，谁也没说话。

后来，我走到护士站柜台前面，问：“刚刚死的那个曹大余，我们是他单位的。你能和医生说一下吗，我们想多了解一点儿情况。”

一个没有见过的面孔仰起头冷冷地看了我一眼，什么也没说，又低头翻她的一堆单子。

我趴在柜台那儿等了很久，她才站起来去找负责的医生。过了一会儿，她从一扇门里探出头叫我们过去。我们进门的时候，她说：“有什么问题快点儿问，医生要下夜班了，等着回家呢。”

医生很瘦，穿着便装，脸色发青地坐在他的桌子前面。

“你们……都是死者家属？”他小心翼翼地问。

“不是，我们是……警察，死者是我们管的犯人。”我说。

他盯着我们看一会儿，好像在迟疑该说什么。

“那我就简单说一下，等会儿他的主治医生高医生来了，你们再详细问他，昨天的脊柱手术是他做的。我估计死亡的原因是……很可能是手术后出血。”他看着自己的手，疲惫地说。

“昨天下午做完手术不是还没事儿？一直到晚上都好好的。”老刘说。

医生勉强朝他笑了一下，说：“估计是手术后出血。某些情况下，内出血的症状不明显，也不可能马上发现，病人可能会觉得冷、发抖、眩晕……我们发现之后，就马上进行急救，给病人输血、止血，但是，很遗憾……这只是我的初步估计，由于病人手术的情况我不是很了解，你们最好去问高医生。”

这时，他抬起头，目光很缓和地把我们三个扫了一遍，似乎松了一口气。

“这样吧，等高医生来了，你们再向他了解详细情况。我得先走了。”他说着站起身，从衣架上取下一件羽绒服。

我们走去斜街吃早饭。路上，老陈突然说：“说不定是医疗事故，我也听说过手术后出血，有的是因为当时血管没扎好。”

“那个医生明显有问题，”老刘附和他说，“根本不敢把话说清楚，一直让我们找那个姓高的。如果不是他们医院的责任，他怎么不敢明说？我带犯人保外就医好几次，还是头一次碰见人死了，真有点儿晦气。”

八点半钟，场部办公室的电话总算有人接了，叫我们先回去，场里会派别科的干部来和医院及犯人家属交涉。

我们去医院办结算手续，顺带把茶缸、饭盒之类放在病房的杂物收拾一下。曹大余那套散发着尿骚味的劳改棉衣被他们用塑料袋装起来，放在门口的一把椅子上，我们谁也没碰。我们又回去招待所结了账，将近十点的时候开车回农场。老陈昨天夜里没睡好，躺在后座上睡觉，我和老刘坐前面。

我们一路上没说什么话，也因为老陈在睡觉。我想起来的时候在路上的情景，那似乎已经是很久以前了。我们可能都没料到：曹大余死了。

路两边是枯燥的冬天的风景，灰白、光秃的山崖，一蓬蓬长在夹缝里的干枯杂草，一块褐色的、贫瘠的土地。有时候，我想闭上眼歇一会儿，可那张抖动着嘴唇、充满痛苦和哀求的、朝我仰起的脸总在眼前浮现，像水中的倒影一样，不断模糊又不断变得清晰。当我要从病房里走出去的时候，我本可以顺手给他搭上被子的，可我没有，我也可以听听他想说什么，如果我听了，可能他就不会死，可我不听，反而逃走了，我拒绝了一个垂死的人最后的要求。可没有人想到他会死，我们并不知道哪些事会变得无法挽回。

回到场部以后，我们先去科室里报了道。把报销单据交给会计以后，我就到办公桌那儿，假装收拾抽屉里的杂物。后来，他们走了，其他人也都走了，我锁上抽屉，在办公桌前呆坐了十来分钟，才起身离开。

每一间办公室里都熄灭了灯，紧闭着门。我走在那条走廊里，听着自己的脚步声在空寂中清晰地回荡。我突然想到那天的情景，就在这条走廊里，一个老人跑过来，跪在我的面前……而现在，她应该在医院里，陪着她的是一具尸体。不知道为什么，我也想起我的母亲。小时候，我爱哭，我会因为家里的狗病死而哭泣，她总说："这孩子心软。"可我现在走到了哪里？我的心什么时候变得这么坚硬、冷酷？我一直替自己辩解，说死者是个恶棍，悲惨的死是他应得的惩罚，说这一切都不是我的错。可我知道，这不过是用他人的罪恶替自己的罪恶开脱！

寒风猛然向我迎面打来，我已走出场部办公大楼。外面，天已经黑了，不远处监狱高大的灰色围墙正和夜色融合起来。我正走下大楼前面那十几级庄严、宽大的台阶，可那个投射在脚下、仿佛朝前爬动的影子毫无庄严之处，甚至让我越来越恐惧：一个冰冷、扭曲、畏缩的人，已没有了怜悯和怜悯的勇气。

2009 年 7 月 15 日于新加坡

绳　子

“我只有一个愿望：让阳光普照在饱受苦难的人身上。”

——左拉

1

某个夏天的午后，阳光把玉米田照得发亮，正是午睡的时间，有个过路的农民在红花公社最东边一块地里抓到了一个偷公家玉米的贼。抓贼的那个农民把贼带到邻近一个村的村民陈良的家里，他这样做是因为这附近一带他只认识陈良。陈良赶紧派媳妇去叫醒正在睡觉的生产队长，队长到了他家，看见那个贼正蹲在泥墙根儿底下的阴影里，脸上带着惊慌、茫然的神情。

队长觉得这件事不能自己做主，因为事关公社的财产，应该由公社里来处理。他马上派一个跑得快的年轻社员去隔两个村的队里请公社民兵连长来一趟。公社民兵连长，一个出身农家的退伍军人，目前全面负责这个公社的司法、判决和执法，闻讯只穿了一件汗衫儿就赶到村里。他还保持着军人的作风，身板儿挺直得几乎向后仰着。他先和队长、抓贼的农民握了一下手，然后叫人把贼带过来，于是陈良他们就跑到院子里招呼贼进屋来。连长坐在阴凉的堂屋里，发觉贼竟然自己蹲在院子的泥墙下面，心里不禁对这些农民的懒散、缺乏警惕、不懂法律大为反感。他看见贼是一个十三四岁的孩子，又瘦又脏，像田里的蚂蚱。赃物是三个玉米棒子，其中一个已经连芯子被啃掉了大半儿。另外两个还没有来得及咬。玉米还没有长熟，玉米粒基本上就是一兜儿水，至少还差一个多月的火候。

连长看见贼站在那里，眼里顿时射出寒光，但他打算先怒视他，什么也不说。他这个样子把队长和农民都震慑住了，他们不敢在一旁小声说话了，只是一会儿看看他，一会儿看看贼。贼被看得吓坏了，他刚才蹲在墙角的时候还想着会不会有人去把自己村的人找来，他们会不会替他说话，然后就带他走。现在，他觉得这个人的目光好像刀一样要扎透他，而四周又没有一个认识的人。慢慢地，他浑身哆嗦起来，哆嗦得越来越厉害，像发疟疾一样，最后他嗷嗷地哭起来。

这时候，已经有些村民闻讯来到陈良家的院子里。他们中有老人、抱着孩子的妇女，还有睡眼惺忪的男人。有一个中年男人带着一个十来岁的孩子也夹杂在这群人里面，他们的脸和衣服都比较干净，带着城里人那种很认真的表情。但每个人都干瘪、焦枯，像一根被太阳和土地吸干了的麦秆儿。农民们不敢走近堂屋，在他们看来，那里已经变成了小审判堂，是应该避开的地方。他们站在外面，压低声音议论着，终于把事情弄清楚了。突然有人认出了贼是四五里地外田河村某寡妇的儿子，于是这个消息也小声地在人群中传开了。

年少的贼又哭又哆嗦，但这丝毫不能引起连长的同情。等他哭泣的声音弱下来，连长突然冷笑了一声，然后用洪亮的声音说：“你掉几滴泪就骗得了我吗，你以为你哭一通你犯的罪就一笔勾销了吗？”

人们听见连长发话马上静下来，静得只剩下知了刺耳、单调的叫声。人们看着连长，等着。

“你知道你犯的罪有多大吗？你盗窃国家财产，破坏人民公社。因为你们这些蛀虫、吸血鬼、老鼠，农民辛辛苦苦种了庄稼却要饿肚子、吃不饱。你看看这些玉米，还没有长成，你就把它摘了，你这是毁坏人民的劳动成果啊。”接着，他把三个玉米棒子一一举起来，向聚集在外面的人展示。他听见人群发出了低沉的声音，看见他们的脸色变得严厉、阴沉。他于是很满意了。

那个十来岁的孩子往前挤了挤，现在他几乎是倚在门框后面朝里面看。他像是听得入了神，双目炯炯地打量着说话的那个人。他还看见那个几乎和他同龄的贼，他不知道什么时候已经软塌塌地跪在地上了，像一条怕被殴打的狗。

队长有点儿眼神发怔地看着连长，这一番讲话说明事情的严重程度远远超过了他的想象，因为他原以为只是通过公社找到贼所在的生产队，然后对他的家庭进行扣工分、加重劳动之类的惩罚。现在，他有些不太明白了。他等着连长说下去。

连长突然站起来说："现在正是全国大公社艰苦奋斗的阶段，你却盗窃社员的劳动果实。你这样的坏种，你的罪够得上枪毙……"连长继续说着，下面的人已经不安起来，但他们不敢发出什么声音，不安是从他们的脸上显现出来的。他们在心里掂量着"枪毙"这两个字，一时掂量不出分量，但沉重、恐怖朝他们心头猛然压过来。他们转而又去掂量盗窃这两个字，现在还有谁盗窃呢？都是路不拾遗，都是大公无私，累死了、饿死了也不敢盗窃，可他偏偏要在这时候盗窃，他的罪也真算得上是滔天大罪。

跪在地上的贼好像一开始没有听清连长的话，他的头稍微侧了一点儿，惊恐地向前伸出去，他显然想再听听别人在说什么。但他其实已经听到了，只是枪毙这两个字还没有以具体的形象在他脑海里反映出来。等他终于明白的时候，他又开始哆嗦起来，他喉咙里发出声音，却不是哭泣声，好像一个受虐待的、被恐惧吓坏的小动物发出的那种浑浊、怪异的低音。他很想大哭，叫"妈"，但他张不开口了。他不大相信他们真会这样对付他，但他也见过一个人轻易地被打死在大坑塘旁边。他们临死的时候就像他现在一样跪在地上，还被绳子死死捆起来。一下子，他们就摔倒在地上了。他和村里的小孩儿去看枪毙人，他们就藏在大坑塘边的树林子里。谁也不知道那些人犯了什么罪，他们只是为了比试胆大不胆大。"嘭""嘭嘭"……

看谁眨眼了，谁也不许捂住耳朵……然后，犯人像一捆麦秸一样倒下去了，民兵连的人走了，在不远处看枪毙的大人们渐渐散去了，四周一下子很静，树叶在风里乱晃，光点儿像眼睛一般闪来闪去，让他们心里发毛，担心鬼魂是不是已经来到了树林子里了。好长一阵子，尸体就那样孤零零地、歪斜地躺在地上。太阳升高了，阳光照在树林里，也照在尸体上面，可那些捆着绳子的家伙已经不知道了。他们耐心地等着，最后总会有几个人偷偷摸摸地跑近尸体，用布把它裹起来，抬走了。于是，他们就跑出林子，在尸体倒下的周围找空弹壳。

队长犹豫了一会儿，但他还是决定说一下自己的看法，他毕竟是高小毕业，认为说话要有水平、给对方余地，因此他先打了个腹稿，才说："周连长，他偷窃公社的物资罪不可赦，公社里一定要重重地惩罚。但是，考虑到他年纪还小，我认为还是可以先以劳动改造、家庭教育为主。我可以马上通知他的大队，叫他的大队先把他带回去，作为典型在队里批斗批斗。"

连长不高兴了，他审视了队长一会儿，降低音调说："陈队长，咱们不能纵容犯罪啊！不重重惩罚他们，下次还有人偷，怎么办？这个责任由谁来负？敌人就是敌人，不论年老年少，这一点儿是不能麻痹的。县武装部不久前还抓了一个坏典型，偷窃国营供销社的食品，也是十几岁，不照样枪毙啦？目前的形势很严峻。这件事既然你叫我来，我想意思就是叫公社里负责处理，不必叫他队里的人来，生产队又不负责治安，我们要先把他押到公社去。"

队长勉强地笑了一下，坐回到自己的座位上。他心里有些不平，但深知自己不应该掺和到这种事情里面去，这不是他该管的事儿。陈良和那个抓贼的农民就坐在队长的对面，他们谁也没有想到事情竟可能发展到“枪毙”的程度。那个抓贼的农民不断偷眼看看跪在地上的、脏兮兮的男孩儿，他已经后悔了，他不该多管闲事，把这个快饿死的孩子推到枪口上去。可他当时就是太恼怒了，他的老娘不久前死了，老人家有多少天没有吃饱过？死的时候浑身浮肿。可他也没有敢对长在地里的、公家的粮食下手。这个毛头孩子竟然胆大包天地大白天偷玉米，所以他抓住他，好让他吃些苦头。事情到了这一步，他怎么想都没有用了。他只想早点走，继续赶他的路。但连长没有让他走的意思，他坐在那儿又渴又热，一沟沟的汗顺着脸和脖子直淌下来。

连长希望大家认识到问题的严重性，他不能忍受这些愚蠢的脸只是茫然地呆看着他。于是，他威严地命令拿绳子先把罪犯捆起来。让他大为吃惊的是，没有人动，连响应的声音都没有，屋子里、院子里都静得要命，像空了一样。他愤然地想到，这些人没有一个像他自己那样受过正规的训练，他们对危险的敌人缺乏认识。他谁也不能指望了，必须得自己亲自把犯人押送到公社民兵总部去。

他打破冷场，叫陈良给他找一根绳子，越粗越好。陈良打心眼儿里不服气这个命令，他说：“何必捆住他呢，他又跑不了。”连长很生气，马上批评他不够警惕。但陈良执拗地回答他说，他家里没有绳子，他用绳子来做啥。

连长压住怒火，又问在场的农民谁家里有绳子，可以贡献出来一根。并且警告他们说在押送的路上，犯人随时都会逃跑，还可能伤害押送他的人。可仍然没有一个人回应他，人群里开始议论啦，声音越来越嘈杂，像飞过来了一团蜂群。有人甚至混在人群里大声说，这是某某村寡妇的孩子，也是穷人出身。

连长不理会他，竟低沉地笑了一声，转头对队长说："看看，这就是你这个生产队的觉悟。"队长抬起眼睛看了看他，什么也没有说。连长站起身，走到屋外，走近人群，人群却往后退了半圈，给他留出足够的空地。蜂群飞过去了，那些抱着孩子的妇女，脸色发灰的老人和表情疲倦的年轻农民都一动不动地看着他。他在他们留给他的空间里来回踱了两圈，终究压抑不住心里的怒火，他一字一顿地说："你们，看看你们的觉悟，农民意识，小农思想……"他的口气像是要把这些字打树桩一样钉在地上。

人们的脸上出现了讪讪的表情，他们相互看看，似乎要把不安和其他人分享。连长留给他们足够的时间去反省，可当他再次问起的时候，仍然没有一个人愿意贡献出一根绳子。沉默持续了一阵，连长几乎准备好了要破口大骂一场。这时候，始终倚在门框上、双目炯炯地观看这一切的那个男孩儿说："我家里有绳子。"他的声音还带着童音的清脆，但他说话简短利索。

每个人都想看看说话人的脸，有人从后面踮起脚尖、伸长脖子来看，连一直瘫软在地上的贼也回头看了看他。他看到的是一张男孩子的瘦脸，脸上却有一种坚决的表情。

这时候，那个中年男人挤过去，对那男孩儿说："你胡说什么？我们家哪有绳子？"而男孩儿显然不把他父亲放在眼里，他只是看着连长说："我们家有绳子，就放在床底下的那个纸箱子里。你不信，我这就回去拿来。"

男人脸色苍白地瞪视着儿子，那男孩儿却跑开了。男人想跟在后面回家，但连长叫住了他。连长向生产队长打听，得知这个男人是从城里下放来劳动的右派，他脸上不禁露出一种轻蔑的表情，立刻批评他还不如一个小孩儿的觉悟高，男人垂着头低声说："我真不记得我们家有绳子。"他脸上的表情既焦虑又隐含着愤怒。

他看到他儿子拿来了绳子，一条小孩的手腕一般粗的麻绳。那是他来的时候用来捆行李的。儿子看也没有看他一眼，直接跑过去把绳子交给了连长。他像一个爱表现的、不怯场的小演员。然后，连长大声夸奖了他，人们都看着他。他知道儿子想要的就是一个表现的机会，一种荣誉。因为这些东西他从来没有过，他成长的过程里只有轻视、侮辱、惩罚……这两年多以来，他连书也不能读了，随他下放到农村来劳动，也没有母亲可以照顾他、安慰他，因为她已经死了。

连长叫人帮忙捆绑犯人了。队长在一旁建议把两只手捆起来就行了，但连长不满意这种笨拙的捆法，他要把绳子紧紧地绕过犯人的脖子，结结实实地捆住他的双臂，把它们朝后勒紧，勒到屁股那边。两个年轻农民在连长的指挥下忙乱地捆着，在捆绑的过程中，那个贼把裤子尿湿了。连长朝他腰上踢了两脚，踢得那孩子哇哇叫了起来。连长对大家说："这些贼，抓住他们就得先狠狠打一顿，叫他吃点儿苦头。就像老鼠夹子，为什么不一下子把它夹死？哪有这么便宜的事儿。尿裤子，我看他存心耍赖！"

他们顶着刺鼻的尿骚味儿，终于把贼捆好了。现在他的头和脖子都被勒得往后仰过去，眼睛朝上翻着，费力地张着嘴喘气。那个贡献了绳子的孩子站在一旁看着，看见和他年纪相仿的贼被捆成了硬邦邦的一团儿。他心里莫名其妙地激动起来，联想到警察、战士这样的威严形象，涌出一股强烈的荣耀感。

连长要求队长和他一起去公社，队长本来想推辞，但连长脸色严肃地说："损失了国家财产的是你的生产队。"队长马上意识到如果他不去，这件事很容易被看成是他的失职，所以他答应一起去。连长又挑选了一个年轻的、高个子的农民，还有抓贼的农民，决定由他们四个一起押送犯人到镇上去。这时候，送绳子的男孩儿走上来，要求和他们一起去。连长很爽快地答应了。

于是，五个人押着一个犯人上路了，后面还跟着那个孩子的父亲。起初，他不愿意和那群人走得太近，但是后来他慢慢地跟上来了，离他们只有几步的距离。他们谁也不和他说话，他也无所谓，他在任何地方都觉得自己是孤零零的一个人。

2

连长对自己雷厉风行的作风很满意，他看了看手腕上的表，发现时间是三点半左右，他猜想如果急行军的话，他们可以在六点之前走到镇上。那时候，他还有时间召集镇上的民兵开个紧急会议，把这件事情处理好。

阳光没有遮挡地晒在热气蒸腾的平原上，天空像一片明晃晃的镜子，谁也不能直视它，谁也找不到太阳的影子。路上的尘土就像烧过的白色灰烬一样在他们脚下扬起来，他们挥汗如雨地走着，脸像被火烧灼着一样滚烫。连长不断地掏出一块脏手帕擦脸上和脖子上的汗，别的人只是用手抹汗，抹一下就把它甩在地上。

犯人走得越来越慢，他的汗把衣服全部浸透了，脸上的汗像一条条虫子一样往下爬，使他奇痒难忍。绳子捆得太紧了，天气又这样热，他喘气越来越困难，像狗一样把舌头伸出来。听见他喘粗气，浑身像洗过了一样湿，每个人都在心里替他有点儿难过，但谁也没有说什么。

连长不愧有经验，他叫人临走前灌了一塑料壶的水，由男孩儿抱着。现在，他不时把水壶拿过来抽一饮子，其他人也在热渴难耐的时候喝几口。在别人喝水的时候，那个犯人就盯着水壶，他的喉咙也使劲儿地抽动着，但他连口水也没有了，他只是在做那个下咽的动作。不知道是因为焦渴还是恐惧，他的嘴唇干裂了，上面沿着两片嘴唇的轮廓起了一圈密密麻麻的水泡。他的脸好像顷刻间变老了，就像脱水的植物那样萎缩了。

他朝前拼命地迈着步子，但腿和胳膊早已失去了知觉，他只是期望着能早些挪到镇里去，好叫他们把绳子松开，让他好好喘一口气、喝一口水。他迷迷糊糊地想着枪毙的事情，它好像没有刚才那样叫他害怕了。他害怕的是在毒日头下面走路，没有一口水喝，脖子一直朝后仰着，像要断了一样，这样真比死还叫他难受。如果他们现在愿意松了捆绑他的绳子，给他痛痛快快地喝一气，他愿意马上被枪毙。他想到了他妈妈，泪水一下子蒙上了他的眼睛。如果她在这儿，她就能不叫他受这么大的罪，她会给他水喝，恳求他们把绳子捆得松一点儿。可谁会告诉她呢，她也不知道他正受着这样的罪，如果她知道了，她会哭成啥样啊。

他迷迷糊糊地走着，感到有人对他推推搡搡，腿肚子上挨了一脚。他也无暇去管那是谁干的了，他的眼泪一阵阵涌出来，使眼前的一切都像泡在白花花的水里面，在水里面摇晃不定。眼泪流下来，头发粘在额头上，使他的脸上又奇痒难忍，如果他们只捆住他的手，他还能用胳膊肘驱散那些虫子。但现在，他连扭一扭头的空隙都没有，他感到一阵阵的恶心，五脏六腑都往上翻。

那个提着水壶的男孩儿走在前面，他虽然又热又渴，但他拼命忍住不喝水，以显示他的坚强。光是想到押送犯人这件事，他就觉得光荣得不得了。如果不是他找来了那根绳子，谁会叫他跟着一起来？他唯一不高兴的是父亲像尾巴一样跟在他们后面，他知道人家都看不起他。父亲和连长比显得瘦小、虚弱，没有丝毫的威严气派。从他懂事以来，他所看到的每个人几乎都瞧不起父亲，他们在他胸前挂大黑板，在他自己的家里审问他。父亲总是沉默寡言，有时候他试图对他讲一些古怪的东西，但他不想听，他明白那些东西没有用。

做父亲的走在后面，只有他在观察着那个晃晃悠悠走着的孩子。他发现他已经虚弱不堪了，他是在硬捱着往前走。他们把绳子勒得太紧了，在这种酷热天气里那样勒一个人、让他呼吸困难地走远路是很危险的，况且那个孩子还受了惊吓。他明白不管他说什么连长也不会听他的，所以，他最好保持沉默。最后，他悄悄地走近那个贼，他看见他脸色灰黄，满脸流淌着汗水。他从裤兜里掏出一片皱了的黄纸片，慌忙地在他脸上抹了一把，把他粘在额头上的湿头发推到后面去。他了解那个滋味，那种手被死死地捆绑起来，脸上奇痒的滋味。然后，他又退到后面去了，和他们拉开一段距离。

连长说："右派同情偷盗犯，这可以理解嘛，都是敌人。"

孩子听见了这句话，急忙往后扫了一眼。除了连长带着讥讽含笑的表情外，其他人都面无表情，只顾看着前面的路，他父亲低着头跟在后面，好像什么也没有听见。

他们继续走路，一直走了一个多小时的路。他们大多数时间都走在庄稼之间的土路上，绿油油的平原上弥漫着草叶的气味，却几乎没有一棵树。男人们面孔紧绷着，因为日光强烈而紧皱着眉头。犯人走得更慢了，他们不得不时不时地吼呵他一声、推他一下。犯人大口喘着粗气，脚步像醉汉一样不稳当。连长担心在六点钟之前不能赶到镇上，又觉得犯人在故意拖拉。他一生气，抓住他手腕上的绳子把他往前拖，犯人被拖得紧跑了几步，突然栽倒在地上。

大家都停下来。连长站在那儿，俯身怒视着犯人，等着他爬起来。犯人也像一只被捆起来的羊一样，蠕动着身子，使劲儿弹蹬着腿，想依靠膝盖的力量爬起来。但他试了几次，不能成功，他就翻倒身子仰躺在地上不动了。连长一下子火冒三丈，一个犯人竟敢撒泼。他踢了犯人一脚，就像踢一捆麦秸，嘴里骂起来："装死吧，你装死，看你还装死……"

他又要踢下去的时候，那个一脸蠢相的高个儿农民竟然上前把他拉开了。愣在那儿的另一个农民这时走过去，把仍然躺在那儿、紧闭着眼睛的贼扶起来。他本来是要到镇上接受奖励去的，但他心里惭愧得很，都不敢看那个被他抓住的贼。他何苦要抓他呢？如果他继续赶他的路，他已经到另一个乡里去了。那个中年人和他的儿子也过来了。直到这个时候，那个孩子才清楚地看见了犯人的脸，脸上现在沾满了土和鼻血。他还看到了绳子在那家伙脖子上、锁骨上深深勒下去的红道子。他有点儿害怕了。

右派和那个农民把犯人扶到路边灌溉沟的埂子上坐下来，那个农民低声对他说："哎呀，何必这样呢，不过是偷了几个玉米棒子。"

“必须给他喝点水。”

“就是，水壶在队长那儿呢。”

这时，那个孩子也走到沟边坐下来，他闷闷不乐。另外三个人在斜对面坐着，队长正低声和连长说话，白色塑料壶就在他旁边，剩下的水已经不多了。

“队长，给犯人喝口水吧。”右派走过去恳求说。

队长愣了一下。

“他快顶不住了，天太热。”

“要不你给他找辆轿子，我们抬着他去？他妈的都是贼！”连长朝地上猛吐了一口唾沫。

队长仍然不说话，显然在等着连长决定。

“天太热，绳子勒着脖子不好走路，要不然给他松一松？”那男的停了一会儿又问。

“他是犯人，不捆他捆谁？你说怎么办？不叫他吃苦受罪，难道还伺候着他？”连长一边说，一边拍打裤子和布鞋上的土。

“他可能会中暑。”

“中暑？都要挨枪子儿了还怕中暑？”

连长抬起头，看见那个男人竟然眼含怒火地瞪着他。“走！”他突然喊了一声站起来，抓起水壶，快步走在前面。

他们又经过了两个村庄。犯人不断嘟哝着，想要水喝，但没有人敢给他水。他们抄小道儿，拐进一片棉花田。这时候，犯人又走不动了。两个农民只好架住他趋趋拉拉地往前走，但过了一会儿，他们察觉到犯人的脚一点儿也使不上劲儿，整个人瘫软下去了。他们赶紧叫队长，大家都过来了。犯人双目紧闭，脸色惨白，喊他也不应。队长急了，说：“快些，让他平躺下来，躺好。”

他们把他拖到几株棉花的阴影里面。田地像烤热的铁板一样，没有一丝风。老右派摘了几片棉花叶子，让儿子给犯人扇风。那孩子干得很卖力，他的小脸儿紧绷，紧张地看着犯人的脸。

他父亲问“水呢？”

有人去找那个白壶，发现已经没有水了。

“我说过，给他喝点儿水，给他喝点儿水……”他的声音因为拼命地压制着怒火而发抖。

“快点儿，把他的衣服解开，你给他扇点儿风。”

他们把犯人的上衣撕开了，把他的裤子也脱下来。男孩儿没有穿内衣，他那瘦骨嶙峋的身体赤裸地躺在地上，皮肤上的灰土被汗水冲成了一条一条的小泥沟。

这一次，队长也要求把绳子解开。但连长坚持不能解，他说他从来没有见过不捆绳子的犯人。他脸色阴沉地看着他们为一个贼忙活，他的权威已经受到了挑战，现在连队长似乎也在听那个臭右派的指挥。他想：在热天干活赶路的人中暑的多了，不值得大惊小怪，何况是一个贼。

“必须找点儿水，要给他喝水，再把他身上用水激一激。”老右派说。

“水都没有了啊。”那个年轻的农民说。

“我去附近的村子里找，把壶给我。”

于是，队长把壶递给他。

“爸，我跟你一块儿去。”那孩子这时抬起头说，他的脸色灰白，眼睛里充满哀求。

“你在这儿等着，看着他，要使劲儿扇扇子。”他父亲对他说。

那个中年男人就顺着来时候的路向刚经过的村子跑去，他脸上的汗直往下滴，但身上却像怕冷一样有点儿发抖，他觉得自己也要中暑了，可能跑着跑着就一头栽下去了。但他明白使他发抖的是怒火，是悲哀。他心里绝望了，感到自己这样跑也徒劳无益，谁也救不了那个孩子。

连长背对着那几个人站着，故意显示出不以为然的态度，但他心里有些后悔。可他丝毫不认为这里面含有一点儿同情，他是个爱憎分明的军人，决不会同情一个罪犯。在六点钟之前他们不能赶到镇上了，很有可能他们得把一个死人抬过去。他承认这是他的失职，他没有看管好犯人。

队长脸色难看地蹲在那儿。两个农民和那个孩子还在扇风，但他们很累，手臂酸痛，因此风力显然在缓缓减弱。他们一边机械性地挥动手臂，一边急躁地朝路上看，谁也懒得说话。

土路上终于出现了一个快速移动的影子，男人提着塑料壶迅速拐进棉花田。这时他看见那两个农民都伸着腿呆坐在地上，他儿子正朝他走过来。他知道他的预感被证明了——犯人已经死了。

他儿子走到他跟前，什么也没有说，伸手紧紧拽住他的衣角。他看见他眼里含着泪水，撇着嘴不让自己哭出来。在这孩子的周围，曾经发生过很多死亡，但他从没有真的看见过。一个人就在他的眼皮底下死了，而他还给死人扇了一会儿风。等他们全都肯定他已经死了的时候，他才叫了一声站起来跑开了。他原以为处死一个人是刺激的，和某种荣誉联在一起，但现在他全看到了，他痛心疾首，只想大哭一场，希望被狠狠地打一顿。

死了的犯人仍然赤裸地躺在地上，只有上衣被绳子捆住的部分还粘嗒嗒地贴在身上。瘦削的胸脯、胸脯下面一根根挑起的肋骨、腹部、下体、棍子一样的两条腿都袒露着，充分显示了他不过是一个没吃饱的小孩儿。他不知道是死于饥渴酷暑，还是死于恐惧，但从他拼命伸长的脖子来看，他似乎只是想挣脱捆绑他的绳子，吸一口气。

连长终于答应给死人松绑，于是他们轮流抬着他往镇上去。那根缠过死人的绳子，没有人愿意要，就被丢在棉花地里。

3

男孩儿和父亲好几天都不怎么说话。除了不得不一起劳动、吃饭的时候，男孩儿都尽量躲避着父亲。

那天下午，父亲要去大田里拔草，男孩儿吃过饭就躲到牛棚里去。天气溽热，牛棚里有一股刺鼻的、热烘烘的臭味儿，混杂着草的湿气。男孩儿倚着一根木桩子坐在角落里，感到自己快要喘不过气了，就要在这热烘潮湿的角落里窒息了。他想象窒息会是怎么一回事，于是他故意屏住呼吸，直到觉得快要憋死啦。眼泪也逼出来了，他渐渐相信被窒息而死是最痛苦的死法。

他把背心扯下来，绞出里面的汗水，一动不动地坐了一会儿，想象着死亡，想到那些荒野之上、丛林深处的坟墓，倾听着身边大动物发出的沉闷的喘息。他突然间感到眩晕，仿佛大地和外面的光线都拼命旋转起来，充满了看不见的影子。他感到一阵恐惧，赶忙站起身，两手紧紧抓住身后的木桩。

他带着一头母牛和它的犊子到河边去。天气热，牛走得慢。他手里握着绳子，却不敢拉紧拴住牛鼻孔的草绳，那种生硬的拉扯会让他揪心、害怕。此刻，这头牛在他心里并不比一个人低劣。老牛跟他身后慢吞吞地走着，老牛的后面又跟着那头东张西望的小犊子。

男孩儿闷坐在河边的柳树下，风如细丝线一般牵过他，日头的光斑像一枚枚银币跳动在他的脊背上。两头牛在不远处吃草，不时踮一踮步子，朝他望一眼。四周一片寂静。后来，他听见了脚步声，啪啪啦啦的脚步声。一个光脚的野孩子朝他走过来，脸上带着诡谲的笑。这孩子比他小一点儿，浑身晒得黑黝黝的。男孩儿皱起了眉头，坐在那儿没动。野孩子这几天老是缠着他，把他当作英雄了。

野孩子又开始重复那些事儿了，向他炫耀自己的勇气（他把狠毒当成了勇气）。他口齿不清地用土话讲起来，他如何把家里的猫举过头顶，使劲朝地上摔，从此以后，那只猫瘸了，看见他就拖着一条断腿拼命逃窜；他去河边钓青蛙，钓上来他就把青蛙的皮剥掉，再把它们扔到河里。男孩儿一声不吭地听着，眼睛盯着河里细小的、一层层的波浪。流水上仿佛载浮着许多透明的灵魂，簇拥而来，待他想要分辨的时候，他们都消失了。他说不出有多么憋闷，容忍着野孩子嗡嗡不断的絮叨，和他那肮脏的头发散发出来的湿臭。怒气、厌恶在他心里积聚，他的拳头不自觉地握紧又松开。

"现在，他们都服我，"野孩子夸口说，"我敢用针扎大牲口的眼，我不怕它们抵我、踢我，你信不信，谁也没有这个胆儿，他们都服我，说我有种。"

男孩儿的嘴撇了一下，瞄了野孩子一眼。野孩子以为这表示对他的勇敢的怀疑，他突然咧嘴笑了一下，摊开右手，露出一枚女人做针线用的钢针。"你不信，我现在就给你看看。"他说。

野孩子站起身朝老牛走去，男孩儿也跟过去。野孩子一把揪住拴牛的绳子，使劲朝前拉。老牛不情愿，发出一声闷吼，仰起头、斜着眼睛朝一边挣。

"你要干什么？"男孩儿厉声问。

"我要叫你看看……得先把它拴住。"野孩子说着朝前猛拉绳子，老牛薄弱的鼻子被控制住了，它一面挣扎一面朝前挪动。小牛也跟过来，在老牛身边叫起来。野孩子仍然咧嘴笑着，带着有点儿呆傻的表情。

“放开，你松手！”男孩儿说。

“你不信？你看看……”野孩子仍然往前猛拽绳子。

男孩儿突然怒不可遏，他冲过去，狠狠推了野孩子一把。野孩子栽倒在地上，他愣了一下，迅速从地上爬起来，扑过来抓男孩儿的胳膊。他们在河滩里扭打起来，朝对方乱抓乱打。野孩子落了下风，他的鼻子流血了，被男孩儿死死压在身子底下。男孩儿按住他的双臂，直到他不再挣扎。野孩子嘴里一面骂着，一面抽抽搭搭地哭起来。男孩儿这才慢慢松手，放他走了。

男孩儿身上、脸上有好几处都火辣辣地痛，他感到眼睛也肿起来。他走到河边洗脸，洗赤裸的上身，发现身上被抓了好几条血印。洗完后，他牵着牛回去。快到村口的时候，看见一群人气势汹汹地朝他走过来。野孩子的父亲和队长走在最前面，野孩子哭着跟在旁边，脸上还涂抹着鼻血，随后是一群准备看热闹的村民。

因为殴打贫下中农，男孩儿和父亲的工分被扣了一半。他们也没去吃晚饭，父亲带他回家去，用热水洗了洗伤口。有两次，父亲问：“疼不疼？”那孩子说“不疼”。除此之外，父子俩也没有说什么话。到了饭后的时间，农民都回家歇息了，他们去牛棚里喂牛。

夜里，男孩儿和父亲从牛棚里走出来，走上一个小草坡。这时候，父亲走在前面，男孩儿走在后面。男孩儿从背后偷偷打量着父亲——一个有些低矮的中年人。他不知为什么想起那天他们在田里赶路的情景，突然哭起来。他这场恸哭已经憋了好几天，他先是号啕大哭，然后呜呜咽咽地像个女人那样哭了很久。

父亲并没有劝他，他仿佛没有听见似的。等到那孩子不再哭了，他突然问："你有没有想过，如果没有那根绳子，他就不会死?"

"我想过，要是我知道这样，我就不会拿绳子给他们……"

"我一开始也这么想，但我现在觉得那个连长总会从哪儿弄来一根绳子，即使你不去拿，最后总会有人愿意拿出来。我不是替你开脱，这个社会就是这样，总有人认为他有权随便地找一根绳子，把另一个人像捆畜生一样捆起来，即使把他折磨死也无所谓，就因为在他看来，那个人有罪。"

"一个人犯了罪不该被惩罚吗?"那孩子小心翼翼地问，生怕父亲误解了他的意思。这时他们正走下这个小坡，他走在父亲身边。月光照在草地上，像一层淡淡的霜，风里头有露水和干草的气味。每次他们喂完牛，他们身上就会沾满干草的气味。他喜欢黄牛，当他抱着牛的脖子时，他对这些忠厚的大动物有一种说不出的亲昵感。

"当然应该被惩罚，"他父亲说，"但不是每个人都可以糟践他。你要记住，惩罚和糟践不一样。譬如说，一个人偷了东西，我们可以审判他、把他关进监狱，但不是每个人都可以上去打他、折磨他。我见过一群人把一个小偷的肋骨打断了，还把他像捆猪一样捆起来，扔在雪地上。这就是糟践。没有人有权力糟践别人。”

“我们在城里的时候，他们把你们的头发剃掉了，还把你们的头按到地上谢罪，这是糟践吗？”

“是啊，他们的花招多着呢，他们还挑动群体性的践踏。如果你不去践踏别人，你就成了大家的敌人。我和你妈受过这样的罪，所以我们不希望自己的孩子再这样对待别人。”

男孩儿不说话了，泪顺着他的脸淌下来。

他们走上一条通向村头破庙的小路，路边立着洁净挺拔的杨树。男孩儿回头看了一眼，村庄里闪着星星点点的灯，但其余地方只是铺展着宁静的漆黑。

“爸，你应该罚我，你狠狠打我一顿，我一定不动。”他终于对父亲说出了这个可笑的想法。

“我不需要罚你。”他父亲说着，叹了口气。

“我想让你狠狠地打我一顿。”男孩儿又说。

“为什么？”

“我心里很难受。”

“所以你和别人打架？”

“是他要扎老牛的眼睛，他拽着绳子硬把牛往前拖。”

“这个孩子长大了不知道会变成一个什么样的人。”他父亲说，“一个折磨动物的人长大后也会折磨比他弱小的人，这就是可怕的地方。可问题是，没有大人告诉他这是罪。”

这时，他们已经看到破庙的黑黢黢的影子了，它的后面是一棵年老的榆树。它们就像黑色的剪纸一样贴在深蓝的天幕上。村子里的狗叫声和路边的青蛙叫声混成一片，而又明显地分出前后、强弱、远近的次序来。这一条路很荒芜，因为破庙里原来没有人住。他们来了以后，在草丛里踩出了一条小路。现在他们就沿着这条小路走，黑暗中有昆虫和小动物在路上潜行，在他们面前一闪，急促地钻进路边的草丛，发出窸窸窣窣的声音。

男孩儿想着父亲刚才说过的话，问：“爸，那让谁去惩罚呢？”

“有一个地方叫法庭，人们选出的代表在那里根据很多人共同定下的法律行使惩罚。我们也有法庭，但现在我们不用它了。”

“为什么？”

“因为法律会带来秩序，而现在的有些人就要利用混乱去任意糟践别人。”

“以后法庭还会再用吗？”

“当然会用，但最要紧的不是启用法庭，因为有些坏法庭会把小罪变成大罪，把大罪化成小罪。所以，需要很多有才干有道德的人去监督法庭，还要不断改正法律中错误的地方，使法庭变得公正。还要了解人为什么会犯罪。譬如那个偷玉米的小孩儿，如果你了解他只是因为饿而去偷的话，你就不会拿绳子捆他。相反，你所考虑的问题应该是：怎样给他一碗饭。”

“可要是有的人就是坏人呢，他们就是喜欢干坏事儿呢？”

“那就惩罚他，但我们也不能像另一个坏人那样残忍地对付他。如果那样做，我们和他也没有什么两样。”

“可我们没有犯罪啊？”

“但残忍不也是罪吗？”

男孩儿沉默不语了。

他父亲又说：“你要记住，不能因为仇恨去惩罚，这样的惩罚不可能公正。只有尊重人的人才有资格去谈论惩罚，而这些人不会轻易使用绳子。”

男孩儿一下子想到那具被捆绑着的尸体，仿佛一个沉重的东西突然倾压在心上。他似乎能感受到父亲所说的这句话，但他仍然问：“爸，这是什么意思？”

“你现在不需要懂，你只需要记住。”

于是，男孩儿就把父亲说过的话在心里默默重复了几遍。他想象着法庭这个地方，在他的想象里，它就像农村的打麦坪，平坦开阔而且十分干净。它又像公园里的一片草地。被人选出来的代表站在那儿，而犯人就站在他的对面。犯人低着头，没有下跪，也没有被用绳子绑起来。总之在他的想象中，法庭是一个开阔的、没有遮盖的地方，在那里还看得见天空和阳光。他也知道这些想象都靠不住，但他仍然这么想下去。

他们在漆黑中躺在床上的时候，男孩儿听见梁上的老鼠在跳来跳去地追逐，在这片嘈杂声后面，是隐隐约约的流水声——庙的后面有一条小沙河。他仔细倾听，想把各种细微的声音一一区别开，随后他听见父亲在床上翻了一个身儿。

“爸，你还没有睡着吗？”

“没有。怎么了，你在想什么？”

“我没有想什么。”

“身上疼吧？”

“有一点儿……爸，我不该和人家打架。”

“别想了，好好睡吧。这不是你的错。”

“爸，要是你呢？你会和他打吗？”

“我会好好收拾他一顿，要是我打得过他。”

男孩儿笑了。他父亲翻身过来，和他在黑暗中面对着面。那孩子看着父亲侧身躺着的影子，他觉得有一种温暖而沉稳的力量像水一般缓缓注满他的心里。他低声啜泣起来，他想到自己也是一个残忍的人、一个坏人，他还轻视侮辱父亲……然后他朝着墙壁背过身去，他的身体疼痛而疲惫，瘦小的肩头仍然抖动着，压抑着断断续续的抽噎。而父亲也没有说一句话，他倾听着儿子的声息，直到他那顽固的眼泪也流淌下来。

4

这件事发生在1968年。那时候地里长满粮食，人民却因劳累和饥馑而痛苦。在某个豫东县城里，一个十四岁的孩子因为偷窃供销社的罐头和水果糖而被枪毙，一个十三岁的孩子因为偷了三个玉米棒子而被绳子捆绑着，死在押送的路上。一片肥沃的土地，却遍布着饥饿、斗争和仇恨的惩罚。

可能因为我是一个律师，我总爱把这件事讲给我周围的人。很多人不以为然，但我仍将讲下去。因为，即便是今天，我们启动了法庭，不停地书写着新法律，我们还只是寻索着那条通向道德和公正的路，我们没有像那个孩子所想象的那样，把一切置于阳光、天空之下。有人依然惯于用绳索、器械、殴打使另一个人的身体扭曲、变形，在社会的某个角落，仍然充斥着暴力、罪恶、贪腐和冤屈。

上世纪九十年代，我通过一个在红花乡政府里工作的熟人找到了那个死去的男孩儿的母亲，得知她还有一个女儿，但早已出嫁。我于是每个月通过乡政府转交给她一点儿生活费。老人有几次托朋友捎信要见我，我都以出差的理由拒绝了。还有几次，我去看望那个朋友，我们坐在车上经过田河村。他说，你不顺路去看看老太太吗？我说，不去了，去了也不知道说什么。于是，我们只是从车上眺望那个村庄，越过或碧绿或光秃的田野眺望烟树中的古老村舍。

至于连长，他七十年代就调到了城里的武装部，在某段时间内，仍然保持他雷厉风行的作风。“文革”以后不久，他被调去了一个闲职，城里人很少再听到关于他的消息了。人们淡忘了这些人的事迹，就像淡忘了曾经历的痛苦。现在连长早已退休了，成了一个臃肿衰颓的老人。无论冬夏，我常常看到他晚饭后在城南一条宽阔安静的大马路上散步或者倒走。有时候，我故意从离他很近的地方走过去，我看着他，他也看看我，但他的眼睛里一点儿记忆的火花也没有。我不知道他还记不记得那件事，但这根本不重要。老人脸上带着那种失忆的平静，带着对冥冥之中命运的服从，努力地练习倒走，以便在衰弱的身体里留住一点儿生命的能量。对这样一个人来说，还有什么是重要的？

2003年，那位母亲托人写信说她想见我一面。这封信想必是她的口述，信里有一处写道：我这老婆子也活不了几天了，走之前就是想见恩人一面，不然走也走得不放心。如果恩人不来，我就去县城里找，我总能找到恩人的。

看完信我想了很久，最后决定去见她。我知道，老人都是很固执的，如果我不去，她真的会找来。我叫朋友给她捎了个口信，说我某天会去看她。

我从县城搭车到红花公社。天很热，下车之后，我到路边一个冷饮摊子上买了一瓶橙汁汽水。卖橙汁的也是一个老太太，我和她聊了几句，她一直痛骂那些“收钱”的人，她说他们三天两头来收钱，她根本记不住收的是什么钱，可如果她不给他们，他们就要把冰柜里的东西都扔出来。然后，她又开始痛骂世道不好，到处是贼，说毛主席的时候谁敢偷一块钱都要毙了他。对啊，对啊，我连连说。你不可能对每一个人解释法律的精神、惩罚的尺度、正义一方的不义。况且，关于那些乱收钱的人，那些用另一种方法抢劫了她的贼，我能怎么说才让一个老人宽心呢？我把喝完的塑料瓶子还给了她，她很感激我。

我不急着赶路，尽管太阳把镇街照得灼热难耐。我沿着那条街慢慢走，打量那些店铺和行人。这是一条崭新的柏油路，几十年前这里还是条土路；现在两边是水泥结构、装饰着彩色磁片的三层门面楼，整齐划一但相当丑陋，而几十年前这里全是瓦房、土坯房。地方已经变样了，但人呢？还是那样的表情，那种笑容，那种蹲在地上的、脊背弯曲的姿势……

我就这样走到了主街的尽头，招手叫了一辆机动三轮车，叫他拉我去田河村。我给了他十块钱，他把我一直拉到村里面。我向一个蹲在院门外面吃饭的老人打听那位母亲的住处，他端着碗一路把我带到村最东头一个孤零零的院子前面。他朝里面喊了两声，立即有两个女人跑出来迎接我。跑在前面的显然是男孩儿的姐姐，她也已经老了，至少看上去比我老得多。老人家的脸上布满皱纹，她几乎是小跑着跟在女儿后面，但看起来腿已经不灵便了。

两个被繁重的劳动夺去青春和快乐的女人，无论是提到我的“恩惠”，还是提到一般的旧事，都爱抹眼泪。关于老人儿子的那件事，我并没有问起，她们却主动告诉了我。他姐姐说：“不然他现在也和你差不多大，可能都当爷爷了。”他母亲说：“他算是个听话的孩子，谁想得到呢，他的命不好，他就是命不好……”她俩又掉了泪，但我什么安慰的话也说不出来。

接下来的两年，我依然每月给老太太寄钱，直到她于2005年初去世。她死在农历正月初六。那年春节降了一场罕见的大雪，老人平静地在自己床上走了。过了很多天，我才知道这个消息。不知道为什么，我因为没有参加她的葬礼而万分难过，也许我本来可以在她入土的一刹那悄悄告诉她那件事。但我不知道我是否真的有那样的勇气，即便是把这样的事实告诉一个死去的人：这个被她视为“恩人”的我就是当年贡献那根绳子的男孩儿，我就是那个参与杀害自己兄弟的人。而多少年来，少年时代的恐惧、羞耻和罪恶感一直折磨着我，那根绳子在我的良心上勒出深深的血印。但愿她和她儿子的亡灵知道，我并没有逃脱惩罚，我没有逃脱。

2008 年 7 月 16 日于新加坡

心　曲

"而且，我也生活过，快乐过。"

——席勒

1

临街那栋居民楼二楼的窗户打开了，初夏傍晚时熏暖的风吹进方方的小客厅。客厅里摆设简单，家具甚至有些陈旧，但一切都异常洁净，连朝里的窗框都擦拭得一尘不染。墙上挂着两幅装框的相片，一幅是母女合照，另一幅是一个六七岁的女孩儿在舞台上弹奏钢琴，她坐在琴凳上，穿着米色小皮鞋的两脚悬空垂着，上身极向前倾，看起来不像是仅仅在用双手弹奏，而像是试图以整个幼小的身体来驯服眼前这个庞然大物。在穿着白裙、短发披拂到脸颊上的小女孩儿面前，那黑色的琴是肃穆的、倨傲的。

那女孩儿现在已经快十四岁了，身材颀长，她那双眼睛沉静，眼皮低垂，带一丝微微的倦意。她的头发长长了，没有了童年时额前齐刷刷的刘海，全部拢到脑后利索地扎了个马尾。

她的样子看上去比十四岁要大一些，可能是因为她的表情和发型。她不同于一般少女的活泼、羞赧，她看上去若有所思，甚至有点儿孤傲。此时，她神情专注地坐在琴凳上，时而盯着她那双放松地搁在琴键上的手——手指柔软地微微蜷曲着，准备随时滑行至C、G或是F，从那里开始它们那有点枯燥的、训练有素的舞蹈。她安静地等待母亲的命令。

女主人刚才走过去打开了窗户。微风吹进这个有些闷躁的小客厅。平常这扇窗户总是紧紧关闭，以隔绝外头的噪声和烟尘。但此时是傍晚，傍晚里仿佛有一种宁静。此时，女人正翻阅着琴谱，寻找乐曲。她脸上有种坚定而严肃的神情，如她脑后那个发髻一般一丝不苟。然后，她停住了，喃喃自语了一句什么，把琴谱在谱架上摊开，对女儿说："就弹这首。"

她走开了，往窗户那儿走了几步，和弹奏者保持了一定的距离，以便不让她感到压迫。她在那张椅子上轻手轻脚地坐下来，看着女儿的背部。她看见那女孩儿的背部挺直，显然已经听从了她的建议，不再夸张地前俯后仰，做没有必要的肢体动作。她的肩膀微微耸动着，伴随着乐曲舒缓的前奏，然后，乐符更加细腻地弹奏出来，渐渐变得幽微，像夜半若有若无的淅沥细雨，突然之间，它停下来，似乎凝滞住、等待着，一阵短暂却又仿佛漫长的静谧……终于，主题的部分像溪水一样奔流而出，清澈、优美。主题延续着，宛如万涓成河，乐声逐渐宏伟、深邃，仿佛无数美好、浪漫、令人慨叹的东西延绵不尽。

似乎想让音乐带来的心灵颤动稍稍平息，她的身体在椅子上动了动。

这必定是记忆，女主人想，忧郁、深邃、源源不绝、令人慨叹……作曲家表达的必定是记忆！她倾听着，不再直视着女儿的背影，而是把身体往窗户的方向侧过去一点。她的眼睛偶尔瞥视一下弹奏者的姿势，但大多时候，她既不看女孩儿，也不看镶嵌在窗框中的那些盛夏的绿枝，她的目光投射在身体斜下方和地板之间的那小一片虚空里。她就保持着这样的姿势，一动也不动地听下去。一种格外沉静的气氛弥漫在小客厅里，弥漫在演奏者和聆听者之间。

多年来教授钢琴的经历并没有令她麻木，当她从授课的劳作中解脱出来，暂时当一个聆听者，那些平日封闭起来的情绪依然能被优美的乐音轻易激发出来，她依然能轻易走到乐符的丛林里去，她那孩子般的好奇、容易感动、爱幻想的天性就随着音乐释放出来。渐渐地，她沉浸到里面去，眼里那道严厉的光缓缓消散了、溶化了。在某个看不见的分岔点，记忆像一股水流一般融汇到乐声中去了。

她置身于一个宽敞的、铺着木纹地板革的大厅里。厅里灯火通亮，看起来异常温暖舒适。一大群人穿梭来往，他们都很年轻，十八岁，也许十九岁。那是学院的新年舞会，每个人都装扮一新。音乐声突然响起，大家开始跳舞了。她的舞伴是那个声乐系的男生，他似乎喜欢着她，但不知道为什么，自从他们毕业后，就再也没有联系过。她现在想起来他的样子，清清楚楚，连他右眉心里的那颗痣也看到了。他们开始跳舞了，她对他说着、笑着、不知疲倦地朝前后左右迈着步子、旋转着，似乎欢乐、青春、气力都将耗之不尽……

她又想起一个萧瑟、灰暗的冬天。当把她带回这座小城市的那辆破旧中巴车进站时，那个站在车站门口的人跟在车边跑起来。他追着她坐的车，一直跑着，他的目光在一扇扇窗户上找着，直到车停下来。当她透过那面布满尘土的窗玻璃俯视着他时，她觉得谁也不会拥有她这样的爱情。

她想：那竟然已经是十六年前了，她那时只有二十三岁。二十三岁，她想象不出它和现在隔着多远的一段距离。那个追着车奔跑的影子逐渐消失了，他变了，迟钝了、臃肿了、浑浊了，完全是另一个人。一个人会变得面目全非。现在的一切似乎在否定过去。但她又觉得不对：过去并没有被否定，因为在音乐里，那些美好都浮现出来，令人悲伤，却完整、纯粹，未被玷污。过去没有被否定，它只是逝去了，随之而去的是爱情、青春和对未来热烈的幻想。

她怅然若失地抬起头，看着眼前的景物，有一刹那，它们显得陌生。她意识到自己刚刚被音乐带走了。她很少想过去的事，厌倦那些伤感的情绪和毫无疑义的幻想。只是当她置身在音乐声中，当乐音流进她的心里，她似乎又变得轻信了，她的每一个情感的毛孔又苏醒、敞开了。她又往四周悄悄看了一圈，恢复了平静。她直起背往上坐了坐，留意听着乐曲的发展部。她听到了激昂的快乐、狂热的追求，也听到了失落、幻灭和痛苦，接下来是冥想一般的深沉的忧郁、思索，是一个人脚步沉重的寻觅……突然，她觉得不对劲，乐符散漫地落下，不再饱满，没有错误，但也没有灵魂。她皱起了眉头，眉心和额头上的皱纹又浮现出来，这段弹奏显得轻浮、心力不足，丝毫不能表现深切的忧郁、逝去的痛苦，它缺乏力量和纯度，如同那些轻浮的喜好、易变的爱情。她站起来，朝钢琴走过去。

2

作家住四楼。这个下午，他在书房里阅读、整理笔记。他计划写一部长篇小说，他列出了大纲，设计了主要人物，写了一些零乱的句子、几个不着边际的段落，然后就停住了。他不知道哪儿出了错，但缺少一种东西，一种恰好的、下笔的情绪。他不时停下来，皱着眉头，恶狠狠地盯着笔记本看一会儿，随手在一张白纸上涂抹。他发现他对这个工作并没有多少热情，整个故事看起来毫无新意。他似乎是为了别人制定这么一个计划的，他要写一部长篇，因为人们希望他写一部长篇，因为有人批评他不擅长长篇，还有人警告他说如果他再不出一个长篇，他就会被读者遗忘……

听到琴声的时候，他正心情烦躁，把它当成扰人的噪音。他生气地站起来，快步走到窗户那儿，想把开着的那扇窗关上。但当他来到窗边，他朝外看了看，又改变了主意，心想也许可以听一会儿当作休息。于是，他反而把那扇窗户稍微又推开了一点，走回去坐下。他继续无聊地在那张画满线条的白纸背面画线。过一会儿，他拉开书桌下面第二个抽屉，从里面摸出一面巴掌大的镜子，开始打量镜子里自己那张脸。慢慢地，一股沮丧、反感渗透到他的情绪中：镜子里那张脸疲倦、含混不清，尽管有疲态的遮盖，仍流露出一股平板、庸常的气息，没有半点生动。这才是让他害怕的地方！他想到也许他这个人就要干枯了，就像契诃夫笔下那些埋葬了理想和热情的人物，那些在了无生气的生活里打发余生的人，像约内奇。

他把镜子放回去，仍旧夹在一厚叠纸张中间的那个硬皮本里。他合上抽屉，意识到琴声已经在他的脑海里回旋了好一段时间，他把划线条的笔扔到一边，身子俯向书桌听着。他发觉琴声优美而伤感。

音符渐渐布满空气中，那曲调像一双手朝他伸过来、触碰着他心里很深的地方，它沉静而忧郁，诉说着不可挽留的东西、无法排遣的愁绪，诉说心灵对幸福的无法满足的渴望……

渐渐地，他脑海中出现了一些人、一些画面，不同的背景，不同的色调，有的如混沌的影子，有的又过分清晰，有的在他看清之前就闪过去，有的却奇异地放大、定格在那儿。他看见一盆开得鲜红的花，认出了小时家里的阳台。他的视线穿过一条稀疏的竹帘子，看见夏天的光线照在房里的墙壁上、写字桌上，一条条就像波纹，像游动着的、银色的鱼。他几乎能嗅到那股气味儿——童年、母亲和小书桌的气味，盛夏里的光和树荫、花和飞虫的气味。然后，它们变色了、模糊了、消失了。可为什么当这些画面浮现在他脑海里时，在他还未辨别出它的细节时，他的心就忍不住颤动起来？有时是一股无以名状的伤感，有时是一种泉水般突然喷涌而出的、青春的快乐，还有出奇的暖意、刻骨的思念……他想起一个女孩儿，当他还是个中学生时喜欢的女孩儿，也许算是他的初恋，但他没有和她说过一句话。他有多少年没有想起过她？可他现在想起那个早上他在校门口碰见她时的情景：她的头发和鹅黄色的小袄上沾着一些雪，她走在前面，他在后面默默跟着，他看见雪花慢慢融化在她的头发上，发出湿亮的光，使它显得更乌黑美丽。他惊讶地发现他把一切都记得很清楚。而且，他仍能感觉到幸福。

他仿佛逐着乐音的波浪努力游着，要回到那些幸福的时光。他又回想起一间小屋，回忆起一张单人铁床和堆在床脚的书。夏夜里那个破台扇在写字桌另一头嗡嗡转着，对着他的头吹，隔壁洗澡间传来哗哗的水声……那时候，他一无所有，但他年轻，向往着生活。可他越感到那些时光幸福、美好，他越是受不了。仿佛一阵狂暴的欢乐、痛苦同时涌上心头，刹那间充溢肺腑，他的鼻腔猛一酸，泪水淌下来。他挺起背，赶紧抬手把泪擦掉，下意识地回头看了一眼。他并不觉得悲伤，不完全是悲伤，也不是惋惜……一扇门朝他打开了，熟悉的气味飘出来，但他知道自己再也走不进去了。门会再度关上，乌发的光亮和温暖的气息会沉落，所有人、所有的过去又走向幽暗和微茫中去，他会醒过来，还是现在的他，一个厌倦、枯竭的人。

他手扶着头、一动不动地坐着。乐曲此时已汇成了一股洪流，它那沉静的诉说变成了强烈的奔涌。一种迷醉般的活性注入他的感受力中，连他的身体、头发似乎都有了奇异的感觉。他的身体轻盈得想跳起来、飞出去，或下沉、缩小，干脆消失在那致密的内在里。这曲调是忧伤的，但它却激发一种至乐，掀起一种狂欢般的力量。他想，这才是艺术的至乐，一种唯有艺术才能赋予的魅惑人心、出神入化的感染力，激发着冲动不羁的幻想、潮水般的记忆，甚至，肉体的痛苦和欢乐。

他仿佛意识到什么，小心翼翼地把那本写作笔记拉过来，翻开一页。他的脸微微发烫，身体在椅子里不安地晃了一下，双手垂下来，摊放在笔记本的两端。他突然想到，枯竭的从来不是什么才华，而是一个人。因为一个人不再是个敏感的人，他的心灵不再诚实、热切地回应这世界。

他盯着眼前翻开的那一页纸，上面密密麻麻的铅笔字在他眼里投下虚晃的影像，但他什么也没看到。他陷入深深的烦恼中……这时，琴声突然断了。

3

水管工干完活，从女主人手里接过二十块钱。她是个好心人，还给他一瓶矿泉水，但他没有要。他从六楼往下走，走到从五楼向四楼去的那段楼梯上时，听到了琴声。他慢慢走着，这个下午累坏了，跑了好几个小区，现在终于能回住的地方了，他想回去就倒在床上大睡一觉。

他不在意地听着琴声，一边下楼梯。他想起前几天收到家里的信，说二叔得了癌症。他想回去看看他，但家里人没有让他回去的意思。他快一年没有回家了，春节的时候，他想回家，但买不到火车票，父亲打电话让他不要回去了。他就把钱寄回家。父亲说，再干一年，钱就攒得差不多了，可以在老家给他盖一套房子，然后他就能结婚了。他模模糊糊地想着这些事，没多少喜悦，心里却觉得踏实，因为这都是需要办的事儿，每个人都是这么打算的。所以，他也打算着，想把这些事都办了，因为他已经十九岁了。

他下到了三楼，琴声更响亮、清晰了。他想，弹琴的人是不是住在三楼呢？他只是这么想想，并不特别好奇。他又想到，那家人一定是有钱人，只有有钱人才会买得起钢琴，才会有时间弹琴。他就从来没想过弹琴，他想到那甚至觉得有点害臊。他在电视上看到一些很小的小孩儿坐在那架大琴前面，他一面惊讶、敬畏，一面替他们紧张、难为情，所以，他从来不愿意看下去。有时候，在他干活的人家，他会看到一架钢琴，但从没有人当着他的面弹。他曾想象过如果他走过去，按一下，那东西会发出什么声音，但这也就是一个念头，他并没有真想去按一下。

现在，他知道了，他知道如果他去按一下，琴就会弹出来一个这样的音，但是就那么一下子。可会弹的人把很多个一下子连起来，就是现在这样了。很好听，而且声音很大，比他听过的其他乐器的声音都大，就像河水一样哗哗地、不停歇地流着。他第一次这么近地听到钢琴的声音，听得这么清楚。比他想象的好听，比他在电视上听到的也好听。他想，歌星们唱的歌也很好听，但似乎这个的好听和歌的好听又不一样。

他来到了二楼。他大概能确定了，弹琴的人住在二楼。他听得更仔细一点儿，不禁觉得它更好听了。他甚至冒出在楼梯上坐下来听一会儿的念头，就像他在乡下时坐在槐树底下听人家拉弦子一样。可他觉得还是应该早些回去睡觉。不知道什么样的人在弹琴？他想，又回想起在电视上弹钢琴的小孩儿，他们都穿的很好，像个小大人儿。他想到，如果他有个孩子，他的孩子一定也和他一样，不会弹琴，这是他们永远都不会去想的东西。他，他二叔，他的孩子，他们似乎一直都会这样过。他发现自己想到很远的事情上去了，微微笑了一下，想：我至少听过，我看见过它是什么样子，这样就不错了。

他在二楼稍停了一下，确认弹琴的人就住在二楼。然后，他继续走他的路。一些家乡的景象浮现在他脑海里：下雨积水的洼地、坡上啃草的羊、站在田头的女人，他上学的那个在土岗子上的学校。像是不久前的事儿，他背上书包，母亲往他手里塞了一个温热的煮鸡蛋，站在门口看着他走了……

仿佛一朵云蓦地飘过遮住了阳光一样，水管工的心里突然有种阴沉、不快乐，一种模模糊糊的失望。他不知道自己为什么想这么多，猜想可能是因为今天太累了。走出那个居民小区时，他负气地想，这个春节，他一定要回家，花多少钱也得回去，走也得走回去。二叔得癌症了，他希望他回家时还能看到他，他记得他离家时二叔还好好的。想到这，他心里更难受了。

4

夏天傍晚，地下室的空气特别闷燥，仿佛一切肮脏、古怪的气体都往下沉，聚集到那个不通风的、昏暗闭塞的小空间里。住地下室的周老太太很早就吃过晚饭，带儿子到楼后小花圃那儿，找张椅子坐下乘凉。

离天黑还有一段时间，她带了本画书让儿子看。儿子看书时，她就一遍遍数手里那串佛珠。可她不时被他打断，他会忽然拽她的袖子，兴奋地指给她看书上画的某个东西，嘴里急切地叫着，有时还高兴地呵呵笑起来。她耐心地看儿子指给她看的图像，对他说着："好呀，好呀，这不是小兔子吗？看吧，后面还有好的呢。"之后，她就忘了自己的珠子数到第几颗了，她就又倒回去，从系红线的地方重头数。

她数到第三十四颗，想到儿子的年龄。三十四岁了，可他还是很小，他对这个世界知道的不比一个一年级的小孩儿多。她继续数下去，数到第六十二颗，这是她自己的岁数，第六十五，那是孩子他爸的岁数，如果他还活着……想到老病和死亡，她心里涌起一阵忧愁，可她自己倒不怕，她只是担心儿子，把他一个人丢在世间他该怎么活？她不敢想了，抬头看着不远处那棵小树，它正在一阵微风里轻轻摇晃着，终于又静止不动了。

儿子又拽她的胳膊。这一次，他没有指给她看书上的画，他惊讶地张着嘴朝她呆呆地看了一眼，然后仰起头朝楼上望，他的目光像是在急匆匆地找什么，手还朝空中指了一通。她往他指的方向努力找着，只看见一个个狭小的阳台、一扇扇开着的、闭着的窗户。她柔声问他："什么呀？涛涛看见什么了？"他想对她说，但又说不出来，嘴里发出一串含混的声音。后来，他悬在空中的那只手也耷拉下来，安安分分地搁在腿上。他安静下来，目光仍旧朝空中某个地方看着，脸上有种出神的表情。她终于明白了，他不是看到了什么，而是听到了楼上传来的琴声。

她刚才就听见楼上有人弹琴，可她没注意。现在她看到儿子听得很认真，于是也停下来，不再数她的佛珠。似乎因为儿子想听，她理所当然也应该陪他听。她听了一会儿，越听下去，越感到这声音似乎想对她说什么，它像有很多话说，可她听不出它究竟要说什么。这不是咱们懂得的东西，她想。有一会儿，它听起来幽幽咽咽，像水流进一个深潭里，有一会儿，它又像珠子哗啦啦落了一地，朝四处滚跳；它一会儿慢下来，一会儿又快得像河里的浪，一波撵着一波往前赶……她想，这不是咱们能懂的东西。

她偷偷打量儿子，看到他那张胡子刮得干干净净的脸仍然像张小孩儿的脸，当他像现在这样专心地盯着什么地方时，他的眼睛还和小孩儿的眼睛一样。她想起他三岁多的时候，他爸给他买过一个塑料的玩具琴。她脑海里浮现出他那时的样子：头剃得光光的，穿着小海军服，双手正用力拍打着一个玩具电子琴，琴是黑白的键，红色的壳，他一边拍打琴键一边看着她“咯咯”笑。那时候还很好，家里还有很多人，他爸和他奶奶都还活着……她又回想起更早时候的事儿，想起他刚生下来的时候，天气很冷，屋子里生着火盆，她醒过来第一眼就看见火盆里的火扑扑地跳着。孩子的奶奶用那条红蓝格子的小被子包着他送到她怀里，他和其他刚生下来的小孩儿一样，哭着闹着，气嘟嘟的小脸皱成一团，她听着他的哭声、看着他那皱巴巴的小脸，心里多幸福……都像在眼前，清清楚楚。可他却在某个地方停住了，他不愿意长大了，尽管他身体还长着，长得和别人一样高，超过了她，超过了他爸，可他的心却不愿意长了。他就永远是个孩子了。

她轻轻叹了口气，看那孩子还在仰脸听着。他的目光在空中瞅着，难道他以为声音就像鸟儿一样，也能找得到影子？她看着他，心里有些快乐了，可他究竟听到了什么、他心里都想了些什么，她却一点也不知道。她顺着他的目光朝上望去，看到夕阳的余晖正投射在楼顶，把它染得金亮。她看进这金色的亮光中，一种她不能明白的祥和、庄严感让她发怔了好一会儿，仿佛这光芒中还有别的光芒，而那声音里也还有别的声音。突然，她紧捏着手里的佛珠，匆匆忙忙地许了个愿。

之后，她埋头数她的佛珠，直到儿子的叫声又把她打断。儿子喊着她，手朝楼上指着。她迷惑不解地看呀找呀，才发现原来是琴声停了。她对儿子说咱们明天再来听，她拍着他的手安抚他，又翻开画书给他讲上面的画。可她心里还想着刚才许的那个愿，她想，天下有哪个狠心的母亲会许这么一个愿呢？她把画书塞进儿子手中，转过头去了。在老人松弛、塌陷的双眼里，世界模糊成一片，而后又变得晶莹。

5

当她母亲责怪她、对她解释着这个部分的寓意及弹奏时需投入的情感时，女孩儿静静坐着。她的背部稍微放松了一点，身体微微朝乐谱倾着，脸上露出一种专注的表情。但她并没有在听，她这么不发一言地听着只是想取悦母亲。她知道她会说什么，这些话她听过无数遍。

她不时仰起头看一眼母亲的侧脸，像往常一样，她又看到那些突然在母亲的眉头、眼角、嘴角聚拢的皱纹。每当母亲那张脸变得严肃得可怕时、每当她急促地批评这个那个时，那些皱纹就明显地浮现出来，使她突然间变老了。她每次都想避免不去看它们，但每次她总会第一眼就去看这些地方。母亲老得好快！她心里惊讶又害怕。她突然比任何时候都恨父亲和姚阿姨，因为他们，她和母亲的生活全变了。

她想，父亲为什么要离开母亲呢？母亲以前并不像现在这样，她也常常笑，也会温柔地对她说话。当然，姚阿姨比母亲年轻，可她远不如母亲美，她的头发染得不黄不红，实在难看，她怎么能和母亲比呢？她不懂音乐，不知道谁是舒伯特，尽管父亲也不懂……但姚阿姨脾气好，总是笑着。父亲每次接她去那边，姚阿姨都会给她做一大桌菜。她根本不想理她，可她还是有事没事找她说话。有时候，她觉得姚阿姨也没有那么讨厌，可当她想起母亲在房间里一个人哭，想起八岁那年母亲带她离开那个本属于她们的家的情景，她就不让自己原谅他们。

"你明白一点了吗？"这时母亲问她。

"嗯，懂了。"她回答说。

"尤其是这一节，"母亲指着琴谱，"你不能轻轻松松地处理，它应该是徘徊不前的，有种沉痛……"

母亲继续说着。而女孩儿仍在想：为什么？为什么父亲抛弃了她们？

母亲说完了。心里仍带着疑惑，女孩儿又开始弹奏。她的眼睛偶尔扫一眼乐谱，但在她意识到那些音符的意义之前，她的双手已经把它们弹奏出来。她不假思索地弹着，双手在那些奇妙的黑白键上机械性地滑动。她想：母亲今后会怎么样呢？她自己会怎么样呢？她的将来会像她的今天一样孤零零没有朋友吗？等她长大了，她会遇到一个什么人？那个人会欺骗她、离开她吗？这疑惑雾一般在她心里弥漫，她仿佛已经看到了未来，并为这未来失望了。

她在有点沉重的心绪中继续弹奏。她的手指有时用力，有时收敛，有时飘忽，于是，一串音符就如同被秋雨打湿的树叶，时而凄凉晦暗，时而闪动着湿亮动人的光，时而在被人的意识捕捉到之前就隐匿了，像一个隐没在雨中的身影。女孩儿自己倾听着这一个长句，这一串似乎连绵不绝的忧伤的音符，她被自己弹奏出的这段乐曲暗暗打动了，她也感觉到母亲在她身后凝神听着。她不再去想那些沉重的事了，只是投入地弹奏下去。她的躯体、意识逐渐变成了一个中空的东西，纯粹的音乐像水一般穿过她，从她指缝间流出。女孩儿完全陶醉在音乐之中，弹奏得那么优美、深沉、没有矫饰和拘束，以至于母亲禁不住抬起头，注视着她的背影。她想，至少音乐是永恒的，美是永恒的。有那么一刻，仿佛一切都得到了补偿，那母亲感到说不出的满足和幸福。

2011 年于休斯敦

良民周三

1

周三是县城南郊的农民，有田三亩半，一亩种菜，二亩半种粮食。城里人多挤不下，有钱人便在郊区买地盖房。拉砖拉沙土的车一来，周三、周三的跛脚老婆和一众乡亲便涌上去了，抢着替人家卸车、搬运，卸一车倒也能分四五块工钱。两年多前，周三承包了周庄五亩闲置地，一笔交了十年的承包金，又买了上百棵桐树苗子，把几十年攒下的钱都投资了，还借了亲戚一笔钱。做了这件事，周三便觉得自己也如同电视里白手起家的大商人，先破釜沉舟，然后就可以发达了。

小树苗刚抽高的时候，非常细瘦。逢到春天里风大，周三就给长得高的树苗一一打起小桩子，用麻绳子把树干固定在破竹竿、废木条做成的桩子上。春天过去，树苗没有被吹倒，到夏天喝饱了雨水、阳光就猛长了一截。两年过来，小树苗长成了细长林条子。周三隔三岔五地蹬着破车子去林子里看一趟，他在林子里走走便觉心里踏实欢喜，看小桐树新抽的叶芽，还把两手去圈量树干的粗细。林子里鸟儿也多，周三走一路它们便唱一路。头一茬树苗快满两岁时，周三又买了一些小苗，种在稀疏处，希望两茬树苗能接起来，不让地空着太久。看了周三的树林的人都说，周三要发达了，这些桐木再长个两三年，都长成了材，那可不得了。周三一点儿也不敢放松，依然把小树当娃娃来照顾。但私底下，他对老婆说："种树好，咱这一步算走对了。"两口子便开始商量起挣了钱之后的事儿，自己是绝对不敢乱花的，先要还了账，再要给大儿子盖一所房，然后便把他的亲事办了，再后要给二儿子攒着，供他上学、安排工作、娶媳妇用。商量得妥帖，两口子喜不自禁。

忽而有一日，周三听说来了新的县委书记，又要扩城了。城已是扩了三次，以往城郊四村：大谢庄、小谢庄、杨庄、周庄，如今只剩了半个大谢和一个周庄，再扩要扩到哪个边儿上？周三和老婆被这消息闹得睡不好觉，碰到认识的人便要谈起这事儿。这件事越传越沸沸扬扬了，听说这次可不是小规模的，已经组织了城郊扩建开发特别行动队，抽调了土地局、城管、城关派出所的人，是县委书记亲自挂帅当队长的。看来消息是不会假的，周三的老婆就急了，哭哭啼啼起来。周三心里比她还忧，却劝她道："咱这里有政府签字、盖印的合同，十年哩。钱呢，总是该退给咱吧，咱能吃多大的亏，要都让村里人吃亏，咱村里人也不认。"

终于等到新任的书记兼开发队队长来村里了，领导说，国家一定不让老百姓吃亏，该赔多少赔多少，只能多赔不能少赔，赔款工作、善后工作一定要落到实处。如果老百姓有冤屈，就直接找他县委书记好了。村里人都受了安慰，只有周三心里不踏实，他跟人家的情况还不一样，他是唯一一户承包林地的，书记只说了没收的耕地每亩赔偿两万元，却没有说承包的林地该怎么算，更没有说种上的林条子还没有长成材、却要砍伐，这个损失该怎么赔。

周三回家和老婆唉声叹气地商量了一番，第二天便去找他的小学同学、同乡，城关派出所副所长周卫红。周卫红刚好被抽调到开发队里了，他便把周三引到队里的办公室，把他的情况和其他人讲了，又把周三拿来的十年承包合同拿给大家看。

周三坐在一旁，看领导们喝着茶，抽着烟，皱着眉头轮番看他的承包合同。他本想插进去解释一番，却始终没敢开口。他心里想，若是没有这个小学同学，他还真不知道去哪个衙门。领导们终于看完了，七嘴八舌地说起来，有的人不感兴趣，又去说别的闲话了。后来，他们对周三说，十年承包费怕是没有办法解决了。周三傻愣着脸，不太明白。卫红便对他解释说，这是两年多以前的合同，如今政策变了，地不能包了，恐怕没有啥法子。

周三说："可钱都交上去了……"

卫红说："这就是你没有经验了，怎能一次就交上去了。"

周三说："去办手续时，人家就要把钱交清。钱交给政府了难道还拿不回，说是十年，种了两年就不让……"

有个人一弹烟灰，打断他说："难道政府会把钱给你存着，或者吞了你的钱？这合同是城关镇和你签的，可你要去找城关镇，管你这事儿的人也走了。城关镇原来辖着很多地，城郊的村子都归他管，现在哪还有油水，地都收了，要有地还能给你另拨五亩，现在哪里找地去？”

周三已经被他说得头晕目眩，胡乱地想了一小会儿，还是硬着头皮说：“收了十年的钱，不能退一点儿吗？能退五年的也成。”

另一个大方脸有些生气了，急躁地说：“我说你还是不明白，收上来的钱已经成了县里的财政收入，财政收入知道吗？都分发到各局委、各村镇，发工资、搞建设去了，你再去让人把工资退给你？就像你吧，你买了农药、化肥，都喷到庄稼上、土都吸进去了，你还能叫地把你买化肥农药的钱再吐出来给你？”

这个问题把周三问住了，他想：谁愿意把工资掏出来呢，农药化肥撒出去也是变不回钱的。但又觉得这个理哪儿不对，他一脸困惑，木坐在那儿。老同学看他可怜，安慰他说：“承包金是拿不回来了，林条子砍了，倒是能赔你点儿钱。”

“有这个规定吗？”一个人问周副所长。

“有的，我在文件上看到过这一条。红叶镇建开发区时也没收过一些承包出去的林地，后来就有这个规定了。好像是一亩林条赔一万二。”

周三扭头看着他，周卫红又重复了一遍：“就是一万二，周三，按照这个规定，你那五亩地还能收入六万元。”

其他人马上表现得羡慕起周三来了，嘻嘻哈哈地说："这下可发啦，成老板啦！"

周三从开发队办公室出来，周卫红要把他送到机关大门外。周三对他说："今年要你种，明年又不要你种的，当初哪想到……"说着说着，眼圈红起来，嘴撇到一边去。他要白手起家、变成富农的梦醒得连泡影也没有了。

周卫红说："周三，你看看那路边的树，你看见这些树长大过没有，没有吧？因为啥呢，因为来了一任新官，就要把旧官种的树都砍了，再种上他自己喜欢的树。所以，这县里街道两边的树从来没有长成过。"

周三似懂非懂，干挤出一个笑。

周卫红又说："当官也有当官的难处，上头要成绩，家里要生计，不开发、不建设既没有成绩也没有生计。这个，你是不知道的。"

周三突然说："你说，我要是去找书记，承包的钱能不能退？"

周卫红说："你天天种树，也快变成木头啦。你见不着书记，即使见着书记，他也会把你的问题交给底下的人处理，最后还是要交到开发队里，结果还是一样。"

周三说："你说，钱确实要不回了？"

周卫红说："要不回了，你能把那六万块钱要回来也不赖，再加上你的耕地，也能收入十几万。"

周三点点头，心里虽有苦，也觉得终究无处可说。他在街上走着，一路算着账，算着算着又觉得宽慰了一点儿。

周三回到家，便把事情原原本本地告诉了跛脚老婆，说他都算出来了，一共能收入 14 万。

老婆问：“欠人家的钱能还得清？”

“还得清。”周三说。

“大宝的房呢？”

“我算过了，手紧一点儿，能拉起来个院子，三间瓦房还是够用的。”

“够用就好，只要先给大宝办了事。”又问，“地没有了？”

“没有了。”周三说。

“往后该怎么办呢？”

“往后再想往后的事儿。”周三叹气道。

老婆不搭理他了，一个劲儿地揉衣裳。

周三站在旁边看了一会儿，又说：“林条子要砍了。”

“舍不得？”

“舍不得，没有法子。”周三蹲下身，瞅着木盆里的沫子。

“能卖吗？”

“还没有成材哩，怕只能卖给做胶合板的，当废木料、锯末的价钱卖。”周三从兜里摸出烟，抽起来。

“好好的，就出了这岔子。”老婆说，“普拉”抽起一条单子，用力地拧起来，溅了周三一身的水。

周三也不动，依然抽着烟：“谁知道呢？县里街上的树都还长不成呢，咱家的树……”

老婆却不听他说了，拿了拧干的单子，走到绳子那边晾。

2

村民的耕地都交给了政府，钱也马上拿到了，村民高兴了一阵，夸奖这个书记讲信义。周三的林条子终于砍伐干净了，但他却天天黄着个脸，在挖得坑坑洼洼的林地里晃荡。鸟都飞走了，头上大太阳直直晒下来，晒得他脸皮子发痛。不多久，耕地都成了工地，周三的林地上也堆了些石灰、柏油、砖渣。周三再走近去，工人都拿提防小偷的眼光打量他。周三心想：自己的地呢，反倒成了外人。慢慢地，他也不去了。

熟人见了周三，就关切地问林地赔了多少，周三摆摆手说："一分还没有拿到哩。"又问林条子卖了多少，周三一脸苦相："哪落得什么钱，木头渣子的价钱。倒也不是钱，正长着呢，砍了心疼……"

一天夜里，有人在靠近城郊公路的下水道水泥板上发现一个身上沾着呕吐物的醉汉，醉汉先前仰躺在那儿呼哧呼哧地出气，待到一些好事的路人慢慢围上来，他便有些清醒了，坐起身，还盘着腿，发出呜呜哇哇的声音，不知道是哭还是笑。有人认出来这人是周三。他满身臭气，人也不想和他拉扯，只围在他身边站着看。

有人问话了："周三，你怎么躺在这里？谁跟你一块呢？"

周三说话倒还灵便："没有啊，我自己，我走累了就躺下。”

又有人说：“起来吧，回家去。”

周三说：“让我歇一歇，我喝多了。都灌我，他娘的都是大官，派出所的，还有那个姓郭的，副队长呢，都灌我。我是谁啊，灌我，我他娘的和他们喝，喝死我……”

说完，哈哈笑了一声，又朝身边地上吐了两口，搓着手道：“舒坦……”

有人听出了兴味，便引他说：“郭副队长，是土地局的黑老郭吗，他和你喝酒？”

周三放开嗓门说：“黑老郭，他可是厉害的，娘的，都和我喝。原来说给我六万的，现在只给我三万。都求我，都是领导。三万，我说连我给苗子打桩子的钱也不够。好呀，都过来啦，还叫我老板呢。”

人群里有人嘻嘻笑了。

周三继续说：“领导和你喝酒，这是面子，黑老郭说了，以后有事尽管和他说。我的老同学，城关派出所所长周卫红，一直坐我旁边，替我喝酒呢，夹菜呢。我说啦，卫红，老弟儿，你不能捉弄哥，人家咋说都行，卫红他，副所长呢……”

他突然不说下去了，又发出呜呜啦啦的声音，众人才知道他这是哭呢。哭了一阵，大家又急着催他讲。他也乐得讲，又讲开了：“我是找队里要钱去呢，我下午就去，坐在办公室里等。我说，不是六万吗，队里人都说，不是六万是三万，不能给六万了。我说，六万是书记给的，书记说要有问题就去找他，不有文件嘛。我一说这，不都急了？要让我吃饭喝酒去呢。我问啦，那三万呢？”

人群中有人开玩笑说：“给老鼠拉走了？”

周三笑了，抹了一把鼻涕说：“我问他们呢，那三万呢。谁也不说，只叫我喝酒，我不喝说我不给他面子。都来啦，都是大领导。老黑还说，兄弟，以后有事情尽管找我。我说，哪敢动用您呐，他可不高兴啦，要罚我一杯。喝的什么酒啊，几百一瓶的，瓶盖子都是金打的。我这穷嘴，哪能喝这。喝完了，他们还要送我回家，大领导，都有车，吃饭，司机坐在车里等呢。我说，我认得路，我不要送。我生气啊，三万块钱没有啦。叫我怎么说呢，都是领导，专门陪你吃饭喝酒，我能怎么说，还有老同学，我说，好了，别的都不说了，什么也别说了。我就走了，累了在这儿歇歇。要好了，就好了。”

“钱你这就不要啦？”

“怎么要呢，领导的话都说到那份上啦，给我敬酒，我怎么说呢？还签了字呢……”

“签什么字？”有人问。

“我喝醉了，也不知道签什么字，反正都签了。眼前花花的，我也签了，是我自己签的。”

“唉，签了字不就等于画了押，说什么都不行了，晚了。”一个人拖着长腔、带着幸灾乐祸的口气说。

“是不是收据条？”邻近杂货店的老头也来了，站在围观者圈子的第二层，一直都听得仔细，此刻问道。

周三不吭声了，直着眼睛望了望周围的黑身影、黑面孔，头乱晃了一通，忽而哼哼唧唧地哭起来。

众人议论了一小会儿，也觉得没有什么特别的话题材料，围在中间的周三又发出熏人的酸臭，便四散开去。杂货店的老头嚷道："谁路过周庄，给他家里人捎个信儿吧？"暗地里有人应了一声，蹬上自行车走了。过一会儿，老头也走了。周三自己坐在路边，一忽儿笑声响亮，一忽儿沉默得像块石头。老头从杂货店里看着他的影子，不觉叹气。好在过了半个多小时，一个男孩儿拉着架子车小跑着找过来，旁边跟着一个跛脚女人。老头过去帮忙，把周三扶到车上坐好。

周三在路上，又把刚才的话颠三倒四地讲了多遍。二宝只管气嘟嘟地拉车猛走，跛脚媳妇扶着周三，一路紧跟着。

过了两天，开发队派人把三万块钱送到周三家里。周三点了几遍，一张也不缺，对老婆说："三万倒是给齐了。卫红还是帮了忙的。"

老婆剜了他一眼说："人家把你卖了，你也说他好。"

周三说："那些领导都答应了，以后咱家有事会帮忙的。我也不是白白让了三万块，我给他们说了，以后城管再招人，给咱家大宝安排安排。要是大宝能吃国家饭，他就不乱跑了。"

"你等着去吧。"老婆说。

"你看着吧。"周三倒不气馁。

村里人难得手里捏这么多钱，以往不敢想的花钱门路也多起来，风气有些变了。周三说："看着吧，坐吃山空能撑多久。"因为周三把钱捏着不让花，大宝还和他吵了两架。周三不理会他。他清了亲友的账，便在后面老宅上盖了一个三分大小的院子，有院墙有门脸，还有三间正瓦房，两间小偏房。他盖好了房，又存上一个定期准备给大宝娶亲时作聘礼，手上也就差不多空了。

这些日子，人们难得见到周三出门，他若出门，也就是在盖新房的老宅子周围走走。碰到村里熟人，便感叹道："地没有了，树没有了，也不知道干啥好。"就有人开玩笑说："那不就成了城里人啦。"周三说："手空着呐，不知道往哪儿搁，城里人不好当呢。"

不多久，大宝找了个活儿，跟着一帮村人去城市打工了，二宝也考上了高中。周三和老婆依然深居简出，连卸车的散工也不去抢了。过一段时间，竟看到他俩推着个铁皮推车出来了。推车上砌了个煤火，还有放碗筷杂物的小橱，也有放水桶的空地儿。夫妻俩羞羞怯怯地走着，碰着熟人打招呼"干啥去"，便回答"上街去"。

3

后来，人们看见周三央做牌匾的师傅在一个白粗布宽条上写了"周三鸡汤馄饨"几个红墨大字，用两根杆子撑起来，在南城门口一带的夜市上卖起馄饨了。每日晚上六点支起摊子，卖到凌晨两点收摊回家。跛脚老婆擀皮、包馄饨，周三引火、洗碗洗菜，兼跑堂打扫。

周三夫妇在南门口卖了一阵子馄饨，坏事也碰上过，比如收了人家的假钱，好事也碰上过，比如人家多给了钱。每晚赚个三十、二十，每月里除了食摊租金、工商管理费、卫生免疫费、街道清洁费等各种杂费，也能落几百块钱。两人风雨无阻，因为少卖一天便少挣了一天的钱。挣来的钱全为二宝存放着。

天如人愿，周卫红竟然真的给大宝谋了一个城管稽查队的工作。虽然是临时工，一月薪水只有三百元，大宝却喜欢，总算是吃国家饭的，而且威风。工作也算辛苦，早出晚归，因为早有早市，夜有夜市，小贩们有脚四处跑，城管上的人也得跟着到处跑。大宝他们一出来便是整队人，浩浩荡荡的，穿着制服、戴着大檐帽。他们一路上呼呼喝喝的，小贩们都诚惶诚恐的脸上堆着笑。碰到不顺眼又爱顶嘴的，随手拿了东西便砸摊子。吃食直往路上扔。有时候，连做生意的车子也一并推走，摊主追在后面又哭又闹，却也倔不过他们，最后总要托人赔笑脸，送去罚金烟酒才算了事。

周三老婆责怪大宝："都是穷人，欺负人家做啥？"

周三反替大宝说话："这哪是欺负，他是要管人的，不管怎么办呢？"

"就你知道，你觉悟高。"老婆不服他。

大宝说："干这行不打砸不行，我们局长说了，不威风哪镇得住。"

周三沉吟道："局长说得也在理……"

老婆说："凭良心就行。人家乡下来卖菜的老头，跑了几十里路，到咱这儿不懂规矩，你们去了把人家黄瓜扔得满街让车子轧，把秤拿走。一个老人家，跪到你们面前哭。谁家没有老人，在理不在理，做事要凭良心。咱以前不也是农民？大宝你就没有刨过地、挖过泥？"

大宝说："妈，你根本不懂。"

周三说："也不是他一个人闹，要管事儿……"

"管个屁事儿，"老婆厉声打断他，"你们说你们的，我就说莫干亏心事，莫欺负穷苦人。"

转眼快过年了，本来是个暖冬，天却突然变冷了，落了好大一场雪。周三也不懈怠，依然和老婆站在寒风飞雪中卖馄饨。这一天等了很久也没有客人，大雪天谁出门呢？只能盼着有些过路客人，想喝碗热汤暖暖身。没有客人，周三为了省煤，就用铁盖子先把火压了，夫妻俩挤在微温的煤火旁边，手插在袄袖子里来回踮脚。仍是很冷，老婆浑身发抖牙打颤。周三拿块破布，过一会儿便去把方桌小凳上的雪水擦一擦。雪太大了，夜市上的小贩除了周三和不远处卖新疆炒拉条的一家，都没有出摊儿。周三往那家瞥过去，正好看到三个穿城管衣服的人重重跺着脚，在风雪里啪啪嗒嗒地跑过去。老板娘急忙擦干净桌子凳子，升起火给他们炒面。红黄色的火苗蹿起来，照亮了一帘帘的雪，煤火上的雪花还没落下，就在半空中融化了。老板用力拨拉着锅里的东西，老板娘就站在桌子旁和那几个人说话。

这边，周三和老婆注意着，发现那三个人各吃了一大盘拉条，还要了一大碗汤，吃完抹抹嘴便走了。这本是平时常有的事儿，可大雪天也不可怜摊主的辛苦，连碗水钱也不留，就让人心里不好受了。周三偷眼看看老婆，好在老婆并没有看他。

三人走后，街道上又没有行人了，只有远处环城公路过大车的声音和北风的呜咽声。但寂静没一会儿，便听到新疆拉条那边骂起来。胖胖的老板娘此刻连围裙也脱了，不惧风雪地站在路边骂起来。她骂那些城管的人，骂得痛快淋漓、花样百出。周三夫妻俩这边听着，便觉得她骂的是自己的儿子，连带自己也在被骂的人里头，脸上红得直烧到耳根。那女人骂得越来越不堪，要咒所有那些龟孙子出门便被汽车撞死，爬楼便从楼上摔死，吃喝吃得他噎死，玩小姐玩得他断了根子。周三只装着低头察看煤火，不往那边看。

没想到，老板娘竟自己走过来了，要让他们评评理。

她单手叉腰，赫然地站在摊子前面说："咱们老百姓赚个钱容易吗，朔九寒天也他妈的站死在这儿。这些龟孙子吸血蜈蚣还要吸咱。大雪天也出来白吃白喝，你说这是不是人干的事儿？"

夫妻俩便脸上挤出笑，支支吾吾地附和她。

老板娘又骂了一阵，突然豪放地说："我不站了，我走，这大冷天，不是人过的。今天一分钱也没有卖，还给仨孙子敲了。就当那是给孙子吃啦，喂猪狗王八啦。”

说完，她便快步转回去了。旋即看到他们开始收拾摊子，过一会儿就拉着车子往北上大路走了。

“那媳妇，是故意骂给咱们听的。”周三有些不平地对老婆说。

“她说也只能听着，嘴长在人家身上，管得住什么也管不住嘴。”老婆冻得声音发颤。

周三看老婆脸上不高兴，就没有再说什么。又站了很久，终于有四个刚下了车的外地人来吃馄饨，一人吃了三碗。

人一走，周三又高兴起来，说：“发市啦，我就知道要发市，大冷天，谁不怕冷，不想吃热东西？”

老婆揣袖站着，瞟了他一眼，竟重重叹了一口气。

周三问她叹什么气，老婆也不搭理他。

又站了一阵，街上仍是空空的。老婆说：“收摊吧，我看没有人了。”

“不再等等？”

“不等了，我冷得很，两腿打颤，站不稳。”

两人收拾好摊子，把收起的桌椅板凳都摞在小推车上，卡得结结实实，往家走。

雪把地上铺得严严实实一片洁白，小车过去留下两道深色的印记。高大的路灯沉默地往下看，大片的雪花在灯下缠绞、盘旋。路上几乎没有一个行人，也没有什么声音，只有他俩的影子大大地斜挂在凹凸不平的小推车上，还有些飘落在雪地上。

跛脚的老婆扶着车上的桌椅，步履又重又慢。周三说：“你不要扶了吧，不用扶也倒不了。”

老婆便松手了，默默地走在车的一边。

“走走暖和些了吧？”周三问。

“暖和了。”老婆说。

好一阵子，两人都不说话了。

“要是咱们还有地就好了，冬天里，咱们也不用下地。我做饭，只给你和孩子吃……”老婆说着，喉咙里头塞住了。

“你嫌这日子苦啦？”周三问。

“苦倒不怕，总觉得心里不踏实。”

“你莫听那野鸡瞎叫唤。你是被那媳妇说了，心里头不自在？咱没有吃她的，大宝也没有吃她的。”

“倒不为这，我还是觉得有地好。”老婆固执地说。

周三仿佛略微沉思了一会儿，忽而说：“大宝，倒是不用操他什么心了。只是二宝，还要替他攒些钱，再好好干几年。”

“嗯。”老婆应他道。

“不管怎样，大宝混了这个职，咱家的摊子总太平啦。咱也不用怕，怕啥呢，儿子都在里头呢。平平安安就好。”

“平平安安就好。”老婆重复一遍。

又有好一阵无话，一条雪里头的大街，就到了尽头。从尽头拐东去，是铺了一半的新路，路两边是小山般隆起的高高的土堆，土堆下头是挖得深深的下水道。土山后边便是荒了的周庄的农田，上面东一堆西一堆看不分明的材料，都披着雪。

“要变也变得快，咱们的地，是不是南头那一块儿?”老婆的手向某处指了一下。

“谁知道，都看不出了。”周三真的看不出。

周三沉默地推车子，兀自想着心事。这新路还未装上路灯，南北大街上街灯的余光渐渐都融进昏暗中去了，脚下的雪却闪着另一种光。

“有林地才好呢，”周三突然说道，“种上几亩桐树，又有鸟叫，又有荫凉地儿。长成了材，就能卖好价钱。一茬接一茬，别让断了地力。好好照顾着，它就长得好，就能生钱，比田里头还省劲儿。小树苗怕大风暴雨，要给它钉好桩子，用麻绳牵住，待到长大了……”

车上的锅碗瓢盆、桌子凳子仿佛一到暗处就格外喧闹起来，发出吱吱咯咯、叮叮咣咣的声音。渐渐地，这声音连同周三的说话声一起模糊了。两个人和车的影子也往暗处洇去，乃至消失在飞舞的雪光和伸向远处的黑暗之中。

2008 年 3 月 13 日于新加坡

路

“在旷野有人声喊着说，预备主的道，修直他的路。”

——《圣经·马太福音》

临近阴历十二月的一个早晨，天还没有完全亮，雾蒙蒙的灰色光线从阴沉的天幕中缓缓透出来。天寒地冻，路和路边那座低矮的小屋仿佛被冻白了。空旷的田里只这么一间小屋，孤零零地像座破败的小土庙。但借着屋里那个吊在一根绳子上的昏黄小灯泡发出的光，可以看到屋内虽贫寒简陋却还算整洁。正对门摆放着一张褐色的高桌子，桌子的一侧是张旧藤椅。这张桌子把小屋分成了两个小间。一边紧贴着墙是张小床，床脚处叠放着两个枣红色的木箱子。另一边是灶房，在窗户下面的角落处放着一个小铁皮煤炉，煤炉上面搁着把熏黑了的烧水壶，发出微弱的嗡嗡响声。再往里有条用砖头支起来的宽木板，木板上铺着报纸，上头放着个没有盖子的铁锅、几个碗碟和一些瓶瓶罐罐。

那扇削薄的白木门突然“吱呀”一声开了条缝，一张老妇人的脸从里面伸出来，朝外张望了一下，很快，门又关上了，老妇人回到那张大桌子旁站着。她刚才是要看看外头有多冷，她站在桌边迟疑了一下，就走去木柜子那儿从里头翻出一件驼色带暗花的大袄，套在她那件平布小棉袄外面，又在头上紧紧裹一条三角巾，胳膊上挎着个小布包，把灯关上，出门了。

老妇人沿着小屋前面那条踩出来的蛇形小道穿过田地，往大路那儿走去。大路和田地间还隔着一道干涸了的沟渠，里面覆满了枯草。于是，她到了田地的尽头又沿着地边朝西去，走了几分钟，跨过一座土桥，来到大路上。

风顺着大路嗖嗖地跑，路上空荡，好像风把行人、尘土全都清扫得干干净净。只有那些折断的枝丫被风裹着贴着地面翻卷，不知道自己会被卷到哪儿去。路上就她一个人，手揣在袖管里顶风走着。她不时伸手把围巾系紧些，但风不断掀动它，过一会儿又把它吹松了，一些花白的头发就从里面直直地飞散出来，贴在她那布满皱纹的额头和面颊上。她不再管它了，想着自己要办的事儿，盘算着路上的时间。她要先到郭庄去找小宋，她想路上紧赶慢赶也得走一个小时。小宋两个星期没有去做礼拜了，大家怕她生病了，又担心她那乖戾的儿子为难她，叫她去看看。她要在小宋家坐会儿，和她说说话，然后再走五六里路到小郭湾去看看老郭哥。听说他这次病得厉害，不能下床了。她要去看看他，告诉他大家上个礼拜天一块儿替他祷告了。她自己也有些安慰的话要对他说，叫他安心、别害怕。

她想，大家谁也没有说出口，但谁心里都想到了，老郭哥可能再也起不来了，他不能慢悠悠地蹬着那辆破三轮到镇上礼拜堂去了，不能和大家一起听讲、唱歌了。

想到瘫在床上的老人，她眼睛湿了。她这个年龄的妇人总会因这样那样的小事而湿了眼睛。她们看见一个小孩儿，哭了；她们在礼拜堂唱着感恩的歌，哭了；她们看到生病的人、送殡的队伍、要拉去宰杀的老牲口，哭了……似乎积压在她们心里的仁慈和悲伤无穷无尽，只要有一个缺口，便毫无理由地、惹人笑话地涌出来。在爱哭这方面，她们一点也不输给小孩儿。

她的步子迈得很紧，但仍走不快。毕竟年迈了，六十多岁的人了。她想着这六十多年是怎么过去的，可她想不出一个头绪。她的记忆是浑浊的、混杂的，就像发洪水时候的河，把什么都卷进去了，都卷到一块儿了。有时候，一些过去的事照片一样在她脑子里来回跑、吵吵闹闹、挤成一片，想着想着，她就把时间弄颠倒了。可有些是怎么也忘不了的场面，譬如，她出嫁那天的情景，晓红她爸死的那一天，人家领她去城里见面的那个下午，晓红他们要出远门的早上……

太阳已经升起来了，散落在大地上的光线仍是阴沉的。要下雪了？她想，朝天空看了一眼，天空堆积着盐灰色的云。田野和田野上几个孤零的坟茔、路旁的村庄似乎都在这灰暗中凝神屏息。土路在寒夜里冻硬了，走在上面硌人的脚。她不禁想起另一条路，一条比这宽敞得多的灰青色的水泥路，城里的路。路两边是一栋栋连着的楼屋，路灯的黄光照着静寂、平滑的路面。起初，当她开始打扫的时候，天还是黑的。慢慢的，路灯的光不那么亮了，因为它和早晨的光亮融到一块儿了。那时候，她白天在幼儿园做饭打杂，清晨、夜晚扫大街。冬天总是最难熬，大风也是这么到处冲撞。她蹬着清洁车，走走停停，把脏东西扫成一堆，再装到车上去。冬天、夏天，然后又是冬天，好几年就这么过去了。她那时候还年轻，身上有劲，不怕吃苦，现在想想，那都不算苦，有晓红陪着她。她就盼着她考上学、工作、过上好日子。她想，人就是这样，盼着将来好，就一直这么盼着。有时候你盼来了，觉得日子总算好了，可好日子转眼又走了，手里又空了。你以为这是你的，那也是你的，可什么都不是你的，要强留也留不住。

这时，她已看见不远处那个村子。她伸手到挎着的小布包里摸了一下，摸到了一叠折起来的纸，放心了。她走进村子，找到第二排村舍的一栋灰瓦房的院子前面。门错开着一条缝，她从那条缝里往里头看，看见一个妇人正弓着身子蹲在水槽前面淘菜。她认出来了，那就是小宋。于是，她轻推了一下门，喊了她一声。小宋抬头看见老妇人，惊愕得张开了嘴，一边赶紧站起来，在衣襟上擦着她那双湿手。

“老姐姐，你怎么来了？这大清早正冷的时候。”小宋说着，拉住老妇人的手，把她领到灶房里。

“主保佑你。我来看看你，不冷，走走就暖和了。”她说。

“主保佑你。你快进来暖和暖和，这么冷的天，还刮着大风。”小宋说。

她们走进灶房里面，灶房是个逼仄的小窝棚，有个泥垒的大地锅锅台，炉膛里焖着小火，一锅稀饭在火上温着。炉膛口对着一个烧火的人坐的小木墩，墩子后面是一堆散乱堆着的柴禾。只有一个墩子，两个人让了一阵，老妇人不得不在那上面坐下来。小宋抓了一把烧柴用的麦秸秆子铺到地上，就坐在那上面。她说：“老姐姐，你快暖暖吧，外面冷得很吧？”她虽然说着“走得暖和了”，但为了让主人满意，还是把手伸到靠近炉膛口的地方烤着。小宋怔怔地看着客人，好像还有点不相信，突然，她长长地叹了口气，垂下了眼睛。

老妇人问：“孩子媳妇都还睡着？”

小宋探出身子又往正屋里瞟了一眼，说：“天冷，没什么事儿都不起，做好饭再叫他们。”又说，“也快该起了。”

她说：“现在的小孩儿都这样，爱睡懒觉。我们没有这个福，想睡也睡不着。”

小宋说：“是啊，老早就醒，醒了就睡不着，没有那个福。”

她说：“我来也没有什么事儿，你这两个星期没有去礼拜堂，大家叫我来看看你，看你是不是生病了，是不是家里出了什么事儿。看你好好的，我就放心了，好去和大家说。”

小宋听了头又低下去，过一会儿，她抬起头满脸羞愧地说：“老姐姐，我不能去了。孩子不让我去。我想去……我做不了主。”

老妇人看她难为的样子，倒觉得是自己的错。她不知道说什么好，只重复着她的话问道："孩子不让去？"

小宋点点头。两个人半天没说话。过一会儿，她看见小宋的嘴唇抖着，眼圈红了。她也不知道怎么安慰她，就把烤火的手伸过去握住她那双冻得到处是裂口的手。

小宋哽咽着说："他爸不在了，我什么主也做不了。我跟他说了，一个星期不就这一次吗，家里什么活我都安排妥当了。可他还是不愿意，媳妇也不愿意，说我想扔摊子呢，说我跑得野了不顾家了。老姐姐，你不知道，一天忙到晚，什么活都干了，还是给咱脸色看，什么难听话都说了，说不好还骂呢，我过的是什么日子，有个孩子还不如没有孩子的呢……"

突然，她咽住了，慌乱地抬起头看着老妇人。老妇人对她笑了一下，可这笑里却有种比哭还凄惨的神情。

"老姐姐，看我这嘴，我这嘴，"小宋说，"我说什么了？净是胡说八道。我这是给谁诉苦呢？比起你吃的苦，我这都算什么呢？你还不抱怨呢……"

老妇人打断她说："谁能不抱怨呢？过去我也抱怨，说过不该说的话。"又说，"你先不要太难受，也不要慌，只要心里信，在哪儿都能信，主看着咱们呢，咱们说什么他都听着，做好做歹他都看得见。"

"我信着哩，"小宋抬起袖口擦擦泪，说："我一有空就看咱们的书，睡觉前也祷告，一睁开眼也祷告，心里就好受些。"

老妇人突然想起来什么，从布包里拿出那叠印着歌词的纸，给小宋说："这是咱们学的新歌，我都给你带来了。孩子那边，我们再替你想办法，看能不能劝劝他。"

小宋接住那叠纸，红着脸说："你不知道他那脾气，昏着呢。"

这时，她们听见正屋的门开了。小宋忽地站起来，脸上惊惶不安。她也跟着站起来。一个七八岁的小女孩儿，头发像一蓬乱鸟窝，手里拿着梳子，"噔噔"跑到灶房门口。小宋脸上的表情缓过来一些，看着老妇人木然地笑了一下。

小女孩儿在门口站住了，尽管脸上还带着模糊的睡意，老妇人仍感觉到她那双眼睛敌视地瞪着她。

"娇娇起来了？"小宋问她。

"她是谁？"小女孩儿不回答，蛮横地反问她奶奶。

"她也是奶奶，你该叫奶奶的。"小宋说，讨好地看着小女孩儿。

"谁叫她奶奶，我不认识她。"小女孩儿冷冷地说，然后命令奶奶："我妈叫你给我梳头。"

"等一会儿，奶奶正说着话呢。"

"不行，你现在就给我梳，听见没有？"小女孩儿说着，那双小眼睛一会儿威胁地瞪着奶奶，一会儿又恼怒地盯着客人。这小孩子脸上那种恶媳妇似的表情，让老妇人感到难过。

她对小宋说："我也该走了。"

"你再坐一会儿吧。"小宋嗫嚅地说。

“不坐了，我还要去小郭湾看老郭哥呢。”

“那我送你出去。”

“不用送。”她说。

这时候，小女孩儿因为老人说话时忽略了自己突然间怒容满面，她把手里拿的梳子狠狠摔到地上，站在院子中间干嚎起来：“妈，她不给我梳头，她不给我梳头，老不死的……”

她们这时已走到门口，小宋苦笑着说：“你听听，都是她妈教的，孩子教成了啥，张口就骂，抬手就打。”

她说：“这都是自己作孽。你快进去吧，大人听见了又多想。”

但小宋仍往前跟了几步，她那张有点愚蠢、呆滞的脸蒙上了一层愁苦无助的神情。老妇人又催小宋回去。小宋突然问：“人遭的这份罪总有个头吧？老姐姐你说呢……”

她站住了，望着那张愁苦的脸，心里说不出是什么滋味。她也迷惑着呢，为什么好人要遭罪呢？可她说：“你放心吧，什么也不用怕。你只要心里信、做好人，这就是福分。”

然后，她们一直拉着的手松开了。老妇人挎着她的小布包，顺着小宋家前面那条被车子碾出深深沟辙的路往村口走去。

寒风仍然割人的脸，但她身上却走得出汗了。小女孩儿恶毒的样子和声音都让她心里不好受。她不恼恨她，却有点心寒。这么个孩子长大了会成什么样的人，会做什么样的事？

她脑海里浮现出另一个小女孩儿的样子，也是这么大，喜欢搂着姥姥的脖子亲，吃饭时还给她夹菜，把剥好的糖塞进她嘴里……那些老早以前的幸福事像画一样闪出来，她心里却像刀子割着，一串泪顺着深深浅浅的皱纹纵横的脸淌下来。那是她的外孙女丹丹，她把她从婴儿抱大到七岁半。那时候，她和女儿女婿还住在城里，他们说要让她享晚来福，她那时还不信主，不知道天使，可她现在知道那样的孩子就像圣书上说的天使。

她扯着头巾的一角擦干泪。她看见天比刚才稍亮了一点，有的地方的云块被太阳光照得半透亮。但仍然是个阴天，照到大地上的光死气沉沉，不是黄灿灿、白亮亮的，而是灰色的、透着寒意。田野在这浅灰的冷光中仍像是一半冻僵了、一半睡着了。她往小郭湾的方向走，路上不时遇见一两个行人。她想和他们搭句话，但他们都头也不抬地匆匆过去了。

她没有表，也不知道又走了多久。到了小郭湾的村头，就找个人问郭老头的家，人家对她说顺着这排房一直往前走，倒数第二家就是。她感谢了这人，提起精神，快步往那儿走。她来到一个垒着黄泥院墙的房外面。从半人高的、被雨水冲得豁豁牙牙的泥院墙往里看，院子里是一片赤贫肮脏的景象。一个仿佛冻硬了的黑粪堆贴着矮墙的一侧堆得很高，一条歪歪扭扭、浅浅的排水沟从压井旁边流到粪堆那儿，在粪堆前面形成一个污秽的水洼。两间泥瓦房的一侧，用麦秸秆围成的茅房朝一边严重歪斜，好像就要塌了。

老妇人走到横在泥墙的缺口之间被当作大门的一块破木板前，朝里面大声问道：老郭哥家住这儿吗？她连问了三声，又等了一会儿，正准备自己挪开门板进去看看时，一个干瘦黝黑的老太太从屋子里粗嘎嘎地咳着走出来。她的黑不仅是因为她的脸膛黝黑，还因为她穿了一身黑棉袄棉裤。她走到门口，眼光狐疑地看着来人，冷冰冰地问："你找老郭？"

"大姐，我也是信主的，来看看老郭哥。"她说。

"信主的，那就知道了。"老太太表情漠然地说，然后把门板错开一个缝，让客人进来。

快走到屋门口时，老太太又扭头打量着她，问："从城里来的？"

"不是，大姐，我从南边王庄来。听说老郭这一次病得不轻，他现在好点了吗？"

老太太从鼻子里"哼"了一声，挖苦地说："看你穿得像城里的，说话也学城里人。下不了床、翻不了身儿，怎么好点儿？大冷天，单子被罩又不好洗，屎尿都得其他人收拾。"

老妇人听了没接话。

她们走到堂屋里去。堂屋里只有一张破四方桌和四处乱扔的几把矮椅子，像个昏暗、空荡荡的洞穴。门窗都关严了，只有很微弱的光照进来，却没有开灯。屋子中间的地上扔着一个补了很多补丁辨不出颜色的搪瓷盆，盆里叠着两块煤，已经快烧透了。围着火盆放着两三张矮椅子，一条湿漉漉的灰粗布单子撑在椅背上烤着，边角耷拉到了地上。她看着这烤着的床单，心想这刀子嘴的老太太是好好照顾着老郭哥的。她知道有些厉害是苦熬出来的，就像东西受冻受得久了就变硬了。这时，借着昏暗的光，她看见泥墙上贴着一张基督牧羊图，就走上前去，在胸前挂了个十字。老太太看见，干瘪的嘴角不满地往下撇了撇，她拉了一把椅子在火盆前坐下，厌烦地说："你要看就进去看吧，他在里面躺着呢。脑子昏了，不认人了。"

老妇人就自己走到里间去。里间没有火盆，更昏暗阴冷，有股臭烘烘的气味。她看见老郭躺在床上，身子好像变得很小，小得像个十来岁的小孩儿。她走到他跟前，发现他的两眼是睁着的，往上直直看着，她就俯下身子，对老郭说："老郭哥，老郭哥，是我呀，我来看看你。"她看见老郭的眼珠动了动，过一会儿，他的头朝她这边稍稍偏过来，这时候，她才看到他的嘴歪了，嘴角往一边斜拉着。老郭的目光在她脸上停留了一会儿，又移开了，空空地望着床上头某个暗处。她又轻轻喊了他两声，可他没有朝她看。她不愿再打扰他了，在床边坐下来。她在心里突然悲哀得喊了一声"主"，仿佛在绝望中向他求救，又仿佛要把这悲愁的负担交给他。过一会儿，她平静下来，开始为病人祷告。她自己先祷告了一遍，又握着病人的手，和他一起做了祷告。做完祷告，她把老郭的手放进被子里盖好。这时，她听见病人喉咙里发出断断续续的"咿咿呃呃"的声音，看见他歪斜的嘴唇费力地抖动着。她知道病人想说话，就凑近他说："老郭哥，你认得我了？我知道你认得我了。大家都挂念着你呢，让我先来看看。我知道你想说的话，你不用说我也知道。”她抹抹泪，又说：“我们做礼拜时一块儿替你祷告了，不管发生什么事儿你心里都不要害怕。老师不是说过？路上不会黑，走到哪儿都不会黑，主的仁慈到哪儿都照着咱们呢……”昏暗中，亮晶晶的泪水在老郭脸上突然闪了一下，就像两道银线。她自己就难过得说不下去了，拉起一角枕巾给老郭擦擦泪，心里想：你都懂得，你知道，所以你才哭呀。

她从里间走出来，老太太仍然弓着身子一动不动地坐在火盆前，就像一截弯曲的枯木。她还没有开口说话，老太太头也不回地说：“过来坐坐吧，歇歇。”老妇人顺从地拉了把椅子在她一旁坐下。烤在火旁的床单散发出一股带着粪便味的湿气。她一边烤着火，一边寻思着说些什么安慰的话。

老太太先说了：“他还认得你？”

“刚开始不认得，后来认出来了。”她说。

“一阵一阵的，一阵迷，一阵清，真是叫人遭罪的病。你们信主的不是讲什么报应吗？老郭一辈子都是好人，连架也没有和谁吵过，他怎么就该遭这罪呢？他信主信这些年了，你们的主怎么不保佑他？”

她没说话。

老太太继续数落着：“靠谁也靠不住，说什么都是假的。说到底还是我们穷，是个绝户头，家里没有男劳力，地里又不出东西。人人都欺负你，想霸你的地边、偷你的庄稼，连你的牲口他们都欺负。你看看我们住的这猪窝……要是有钱，吃好药、住医院，老郭就不会瘫得这么快。哎，一辈子就是遭罪、受气，到最后还要生这活受罪的病。我对他说了，你信主，怎么人家穷你也穷，人家生病，你也生病？人家欺负你，你的主怎么不叫他遭报应……”

老太太越说越生气，突然呛住了，咳嗽起来。咳嗽的声音仿佛什么东西在她干裂的胸腔中猛烈地搅动着，听了叫人揪心。

听到这番抱怨的话，看着眼前这个老病受苦的人，老妇人自己竟羞愧起来，可等她明白自己为什么羞愧时，她又觉得自己有罪了。

老太太总算抑制住了咳嗽，伛偻着身子唉声叹气地坐在那儿，脸上又恢复了那种怨恨却也认命的神情。

这时，来人才有些结巴地开口说道：“大姐，各人都有各人要受的罪……要说受罪，主受的罪更大，咱们谁也没有他受的罪大。坏人来抓他之前，他都知道了，他也没有逃走，因为主知道这些罪是必须遭的。你不知道他遭的罪。人家打他，老百姓都围着笑他、骂他，用脏东西泼他、给他戴用刺编的帽子，亲人在眼前也不能认他……”她似乎想象到那个场面了，想象着就在那么个时辰，人的坏、人的脏都压到那一个人的头上，都叫他受着，这还是因为他怜惜他们……一阵强烈的苦味冲上她的喉咙，她顿住了。

老太太仿佛感觉到了什么，扭头好奇地瞅着她，但老妇人的头往另一边歪着，眼睛看着搪瓷盆里变成了灰白色的煤块。

过一会儿，她又说：“主受的苦是咱们想都想不到的，他把人的罪都担到自己头上了……”

老太太嘟哝道：“那人不还是得受罪？”

她说：“咱们都有咱们得受的罪，也有咱们的福。大姐，你可能不信，我也是吃过苦的人。我以前……你可能不信，还想过寻死呢。可信了主以后我心里就踏实了，苦也不觉得那么苦了，苦是苦过，可心里总有个依靠，有个盼头。”

老太太斜眼看着她说：“你受的啥苦？有啥大不了的苦？看你这穿戴打扮，你就是个享福人。这袄一看就不是家里做的袄。”她说着，伸手摸摸老妇人穿的那件驼色暗花的大袄。

她说：“袄是闺女买的……”

“我说吧，闺女是城里人吧？”老太太撇着嘴露出一种刻薄、嘲讽的神情。

“闺女已经不在了。”她说。

老太太低下头，一时没说话。

“我也不比你有福，就一个闺女。她爸死得早，人家又给我说了一家，是城里的干部，人也很好……也得了这种病，和老郭哥一样。我嫁到他家不到四年，他在床上瘫了两年多，我就伺候了两年多。本来想着好好伺候他，不叫他子女操心，他们总会给我和闺女留一条路。可老头一死，他孩子就把咱和闺女赶出来了，房子也不让住，老头的钱他们也都取光了。那时候我还年轻，心里也好强，我想不能回乡下呀，闺女还在城里上学，不能耽误她。我就和闺女赁房子住，供她上学。我不怕吃苦，那时候也年轻，有力气，什么活儿都干过，也熬过来了。闺女考上大学了，在城里当老师，找的女婿也是个好人，还生了外孙女，我想着好日子总算来了，吃的苦、受的罪总算到头了。换了谁都会这么想……后来，他们一家出远门，想也想不到，车出事儿了，闺女和外孙女都没回来……我那时候真就想寻死了，换了谁谁受得了呢？我这一把年纪的没有死，孩子们却先走了。”

她不说了。老太太仿佛听呆了，睁大眼睛瞅着她。她脸上那种刻薄、怨恨消失了，蒙上一层迷茫凄凉的神色，一时间，那张有些丑陋的脸竟显出一种柔和。她那干裂的薄嘴唇动了动，似乎想说什么却说不出。最后，就像一个人下意识地要搀住一个快要倒下去的人，她紧紧揪住了老妇人的袖口。

“大姐，你不用劝我，别替我不好受，都过去了，我现在都不想了。”老妇人说着笑了一下。

“过去了的事儿就不能多想，命呀，怨不了谁，”老太太说，她很想安慰客人，但她并不善于说这样的话。她想了想，又说：“你烤火呀，烤烤吧，天冷着呢。”

又坐了一会儿，老妇人从布包里摸出一个报纸裹着的小方块，解开扎在上面的皮筋，里面是一小沓钱，从一百到一块的钞票整齐地码着。她把它塞到老太太手里，说：“大姐，这个你拿着。”老太太吃了一惊，喉咙里甚至发出一声隐隐的、浑浊不清的叫声。

她说：“大姐，你先收下这些，一共是一千二百零六十三块，教友们捐的。钱不多，你紧着用，老郭哥买药看病少不了花钱。”

“我怎么能要你们的钱呢？我不能收，我这是哪儿来的福呀……”老太太微弱地反对着，眼睛盯着捏在手里的钱。

“你一定得收下，我是帮忙捎过来。你要不收，我没法对其他人交代。”

老太太说着一些含糊不清的推让的话，终于在客人的帮助下把钱装进了她的棉裤口袋里。然后，她又沉默不语了，仿佛想着什么心事。但就在老妇人站起来说她要走的时候，她紧跟着站起来，一手仍拽着客人的袖子，另一只手抬起来在脸上迅速抹了一把，响亮地吸了一下鼻涕。

老妇人走出去一会儿，回头看见老太太还站在泥墙前望着她，像一截烧焦的枯木，光着脖子，白头发蓬蓬飘着。她突然想把脖子里的围巾给她，让她戴上暖和。可她又不好意思走回去。她想：我还会来看他们的，下一次再给她吧。想着，她又朝她招招手，喊道“回去吧，外面冷”，但她也知道她听不到，只好继续走她的路。

又走在路上，她才感到自己走累了，两条腿又酸又木。她猜想已经是中午了，因为风变小了，风里多了一丝暖，不那么生生地割人的脸了，但天空中的灰云似乎越积越厚了。她想着刚才在老郭家的情景，有点后悔把自己的事都告诉了老郭哥的家里人，对人诉苦、让人家难过总是不好。但那个时候，她能说什么呢？她也是急了才把自己的事都说出来了，好叫她相信。她走着，回想着晓红和丹丹走了以后，她有多苦，多难熬。她抱怨、哭哭啼啼、恨天骂地。她现在想想，那些怨恨都是因为她心里只想着自己受的苦，把自己当成普天下最苦的人。可老郭哥他们不比自己苦吗？她有过孩子孙女，也有过好日子，可他们却一直都这么苦。都过去了，她想，现在什么也不能叫她怨恨、害怕了，那一天到了，她就能无牵无挂地走到那光里去……

她比来的时候走得慢多了，心里却轻了。她在田地里抄小路走了一会儿，又拐到来时那条宽阔的土路上去。

在大路上刚走了一会儿，后面开来一辆机动三轮车，车上的小伙子问她往哪儿去。“去王庄，远着呢，你走吧。”她对他说，因为她兜里没有一分钱。小伙子说他不去王庄，但可以顺路把她往前捎一程。“我到去黄桥的路口得往东拐，你还顺着这路走，再走六七里就到王庄了。”他说。“好，好。”老人家连声说着，在小伙子的帮助下笨手笨脚地攀到后面的车斗里。小伙子喊了一声“坐稳了”，车子就开动了。

她在颠簸的三轮车后头坐着，腿脚舒展多了。她心想，这还不好吗？你走累了，车子就来了，好心人就愿意捎带你一程，你就能歇一歇。小伙子开得很快，老人家双手紧抓住车斗的铁挡板，路边的树、沟渠、天空都从在她眼里模糊地跳跃着，连成了一片。她想起他们的教堂，很想去看看，想去把桌子和大家坐的椅子再仔细地擦一遍，擦得明亮亮能照人影儿，把地上的尘土、落叶都扫干净。然后，她就在那干净亮堂的地方坐一会儿。其实，教堂就是他们租的那个小院。院子本来很凹，下雨的时候，地上都是泥泞和一洼洼的积水。后来，大家凑钱买了一车煤渣把地垫好了。屋子里比以前不知道干净多少，墙壁刷白了，贴着圣像。长桌子上供着黑皮金字的《圣经》和赞美诗集，长桌前摆着一排排小木板凳。逢星期天，各村的教友们一大早起床，把要做的家务事做好，把猪喂饱，把缸里的水蓄满，把粘着他们的孙儿们托付好，就走路到镇上来了。十点钟，大家进了那间大屋子，在那儿听讲、唱歌、祈祷、流泪，卸下过去受的苦、受的累，再沿着来时那条路走回各自的村庄，去承受他们还得承受的。想到这些亲人，她心里就有说不出的暖。她想，都是多好的人！还有这小伙子，这些不信主的人，他们也大多是好人，有的人吃过苦、受过罪，可心里头还是热乎的，有的人作过恶，可也还能变好，所以主才爱着人……

到那个路口，车刹住了。小伙子等老妇人下来，就把车拐上向东的路口，风驰电掣地消失了。老人沿着那条沉寂的土路继续走。

风完全闷住了，天暗得像傍晚时候。在田野里觅食的寥寥几只麻雀也都飞走了。大路的尽头模糊了，路上突然静得没有一点声息。她正想着是不是要下雪了，雪片便从厚幕一般的云层中缓缓飘落下来。雪静寂而稀疏地落着，渐渐地，仿佛云层被雪撕开了一个豁口，周遭又放亮了，旷野变得明净、安详。老妇人想，路总是不容易走的，出门行路还有风霜雨雪呢，何况是过一辈子。可她心里却没有一丝忧虑的阴影，她只是这么想着，把松落的头巾紧一紧，在飘落的雪片中依旧缓慢、从容地走着她的路。

2011 年 8 月 16 日于休斯敦

相　伴

献给点点、乐乐

1　乐乐

好几年前，老人的女儿小米嫁到省城去了，此后一年回家一次。四年前，老伴儿得癌症去世了。从此家里只剩下他一个人，屋里都空下来，院子里终日听不见人说话，幸亏还有乐乐。

乐乐快十一岁了。老人现在还清楚地记得那一天上午，他和老伴儿去买菜，经过猫狗市场，看见了乐乐。乐乐那时候还是只没有满月的小狗，用老伴儿的话说，就是“还吃着奶就被从娘肚子底下抱走了”。乐乐的白毛夹灰，尾巴尖上有黄色的斑点，在它的小笼子里舔一碟脏稀饭。他们从笼子前经过，只是稍微犹豫了一下，乐乐就摇摇晃晃地挤过来看他们，它的鼻子紧贴着铁栏杆，上面还沾着稀饭。老伴儿心疼它，花了三十块钱把它抱回了家。他现在回想起来，隐隐感到这个随随便便的决定很重要，要是那时候他们走过去了，现在就不是这样了。他又猜到老伴儿可能有预感，预料自己会先走，就留下乐乐给他做伴儿。

乐乐已经活了十一个年头，身体还好好的，这不容易。他知道街坊邻居家的狗都换了几茬了。县城里人养狗并不爱惜，有的狗连个窝都没有，日晒雨淋，北风下雪天就蜷在屋檐子底下颤抖抖地睡；有的人家养了狗却不喂，白天放出去扒垃圾堆里的东西吃，夜里回家看门；有的狗生病了主人家不看，一宿一宿地哀叫着死掉了；有的狗一辈子被铁链子拴着，打从小狗时候就拴着，从没有放开过，从没有叫它出去走走跑跑，拴成了疯狗……所有这些狗三四岁就老病了，碰上精明的主人，死前赶紧卖给收狗的，运到南方去，变成人家的一道菜。

老人常对乐乐说：你是有福的狗，你的福比别的狗都大着呢！乐乐十一岁了还活泼矫健，看起来就像一条年轻的狗。巷子里一有人路过，它哪怕正睡着觉，也会打个机灵醒过来，并不乱叫，只是迅速跑到门口，从大门的缝隙里向外张看、嗅闻一番，发现不关自己家的事，才走回原来的地方，继续做它那小狗的梦。

老伴儿活着的时候，乐乐住在储藏室里，冬天他们给它铺一条旧毛毯，夏天铺一张破凉席。他们常常逗它道："乐乐真有福，自己住单间。"老伴儿去世后，他自己在三间大屋里荡来荡去像个影子，就给乐乐搬了家，让它睡在床脚那边的地上。早晨，他一醒过来，乐乐也跟着醒了，他盥洗的时候，乐乐开始在各个房间和院子里做巡视。它轻快地跑来跑去，像早上起来鼻子不太通畅的人一样，不时打个喷嚏。每打一个喷嚏，它就突然站住，好像被自己发出的奇怪声音吓了一跳。然后，它甩甩头，把两只耷拉下来的耳朵甩着啪啪作响，又往另一个地方跑去。每当他听见这些小小的喧闹、看见乐乐在院子里跑动的影子，一种欢乐就像早晨新鲜的空气、像凝着露水的颤动的树叶一样催促着他，让他打起精神，把这一天又好好过下去。他刚醒来时的那股困乏、昏沉、悲伤和模糊不清的恼怒就缓缓淡去、消散了，他那颗疲累而茫然的心灵就被这小动物稚气的欢乐充实起来。

然后，他带着它出门买菜去了。他在它脖子上套上项圈，这么做倒不是怕乐乐乱跑，而是叫街上那些怕狗的人、尤其是孩子们放心。乐乐从不乱跑，它就像个亦步亦趋的小跟班儿，除了找树根或是草丛撒尿之外，从不跑到他的前面去。大部分时间，他们步行上街。偶尔，他也骑三轮车，骑得很慢，乐乐踏着小碎步跟在车子旁边跑，他认为这对他俩都是个好锻炼。午饭后，他俩都会睡上一个小时。夏天，他把躺椅放在树荫下睡，乐乐就卧在椅子下面睡。冬天，他们都睡屋里。上一年冬天特别冷，他把女儿小时候的一条童被拿出来准备加铺在乐乐的破毯子上。他是个仔细得有点吝啬的人，好好的被子给狗用，毕竟感到不安，此外，他也希望乐乐认识到自己的优越待遇，于是对它说："你看看，这么好的被子都给你用了，你可不能乱咬呀……不过，你不用谁用？也不会有人用了。"他心疼地把被子铺好，乐乐在上面原地走几圈，找了个舒服的位置卧下来。他又说："你看你的日子好不好？别的狗大雪天也睡在外面的凉地上。"他说话的时候狗直起身子，仰头听他说，眼睛看着他。他就以为它听懂了，并且知道感激，因此，他虽然心疼着被子却也满足了。无论冬夏，如果晚饭后天气好，他就带乐乐往西走，一直走到环城公路的边缘。跨过公路就是郊区乡村了，但他们的散步到路的这一边就终止了。公路上不时有车疾驶而过，他们站在路旁往另一边看一会儿，然后原路折返。

每个星期三和星期天，老人会带乐乐去农贸市场的熟肉摊子买羊肝。他自己很少吃肉，一是怕做起来麻烦，而是心疼钱，但他认为狗总不能跟着他吃素。市场上猪肝、鸡肝都贵，但羊肝便宜，他就每星期给乐乐买两次羊肝，让它解解馋。市场南门附近有一家卖狗肉的，笼子里关着买来的狗，挤着、抖着、哀叫着，有时就拉出来一条现杀，好叫人知道东西新鲜。他总要绕一圈路带乐乐从北门进，照他看来，人老了看见那情景心里还难受，何况是狗？

卖羊肝的小贩儿每回都调侃他，问他："老头儿，你光给狗改善生活呢，自己也切一块羊肉啖啖？"他摇头笑着说："老了，牙不中用，嚼不动肉了。"小贩儿又笑他把狗当小孩儿养，他说："它哪会是小孩儿呢？这狗要是人，也是七八十岁的人了。"但想到自己把乐乐从小看大，他又觉得人家比喻得好，于是在心里油然生出各种体恤乐乐的想法，有时候连他自己都觉得想得太细、太多了，只觉得自己真是老了，心变得越来越软。

2 旅行

老人出生在乡下，后来他上学、当兵、落户在这个小县城。他那乡下老家离这里并不远，但不知道为什么，自从父母多年前离开后，他就再也没有回过老家。老伴儿走了以后，他又有了回老家看看的念头。曾有两次，他对小米说："咱们回老家看看吧？"小米说："好啊，等我抽个空……"但后来，小米就把这件事忘了。他后来也没有再提，因为他不想为难小米，也不觉得非回去不可。

一天，他带着乐乐又散步到西环城的路口。接连三、四辆大货车过去后，有一阵子路上没有车的影子，出奇的寂静，只听见秋风摇着路旁的杨树。路灯柱彼此站得很远，灯光在浮着薄薄一层灰尘的空气里晕开，像一层淡黄色的雾气。在这雾后面，是沉黑、广袤的田野，田野远处有一两星灯光，是沉睡中的村庄。似乎就因为那一两星的光，村庄显得更远了。他朝对面望了一会儿，心想，就隔着一条路，怎么看起来那么远呢？他一低头看见乐乐也一动不动地朝远处看着，像个看什么看得出了神的小人儿一样。他不禁笑了，说："你看什么呢？看得还怪认真。"很快，路上又来了车，一阵阵的轰鸣，尘土荡起来，把那份静扰得无踪无影。他就带乐乐转身回家了。

回去路上，他想到乐乐这辈子还没有出过一次门，它还没有在野地里跑过、撒欢儿过，它天天待在院子里，或是跟着他在小县城的角角落落转，在人缝里兜圈子，他们俩这一点倒也一样：哪儿都没有去过。他突然有个想法：带乐乐到公路那一边去，趁人和狗都还走得动，到野地里、乡下宽敞的地方走走，对乐乐说，这就像旅游，对他来说，就当是回一趟老家……

他把这念头在心里放了一个多星期。很多时候，他倒也没有很仔细地去想，似乎他一认真想，就会有什么躲在暗处的人发现，就会笑话他荒唐。于是，他一往深处想，立即觉得有点害臊、不安，就把这念头搁一边去。但过一会儿，它就像条鱼一样无声无息地游到他脑子里来了。他每回左右为难的时候，就忍不住偷偷瞄一眼乐乐。而他这么一看，无论乐乐在哪儿、在干什么，它都会立即朝他走过来，走到他旁边文静地蹲下来。起初，它看着老人，但如果他一直看着别的地方、不做什么表示，它就很温驯地偏一下头，看看这里或那里，或者干脆趴下去，用舌头舔自己的前爪，不时抬头瞟一眼主人。在这一人一畜反复的、几乎全然沉默的交流中，老人得出了结论：乐乐已经知道了他的想法，而且很支持。但他仍然有些犹豫不决，因为他一生中还没有做过这种毫无用处的“计划”。最后，让他下了决心的是天气预报，他在收音机里听到天气预报，说是寒流就要南下了，本省大部分地区的艳阳暖秋天气最多还会维持两到三天……听完天气预报，他又在沙发那儿坐了一会儿，又是不时看看乐乐、不时陷入矛盾。后来，他决定去把三轮车擦一擦。他把车子擦得很干净，车圈上的锈斑也尽量擦掉，给车带打足气。晚上，他高高兴兴地吃了饭，没有去散步，早早就睡下。第二天早上起来，他灌了一塑料壶的水放在三轮车上，用报纸包了三个馒头和两小块儿羊肝塞进塑料袋里，让乐乐坐在三轮车后面，就出门了。

时间还很早，同一条巷子里的邻居大部分还没有起床，但街头卖饭卖菜的小贩儿们已经忙活起来了。虽然没有几个人顾得上看他、和他说话，他还是鬼鬼祟祟地低头蹬着车，专拣人少的地方走。偶尔有认识的人老远地问他什么，他来不及听清楚，就支支吾吾地应着过去了。出了他住的那条街，他才感到舒畅了一点，转过头对乐乐说："好了，咱们这才算出门了。"

太阳升高了，明亮的光照在很窄的一条柏油路上，照着公路两旁细瘦的小杨树和田野里的秋庄稼。一些麻雀在沟渠里和田头蹦来蹦去。仍然是平常那种有些闷燥的秋暖天气，一阵阵的小风吹，风里却没有一点凉意，树叶仍是绿的，但沟渠里的野草已经泛出黄，沾着灰尘，风一吹就贴着地面微微抖动。周围的一切像隔着一层看不见的、蒙蒙的雾，天也是浅灰的一片，不蓝，也没有云朵。可他仍觉得太阳光比城里亮，天上那层灰也浅些，差不多就是透明的白，空气则比城里好得多，混杂着一股草叶的香气、一股地里的甜，越往乡下走，这股甜香就越浓、越清透。他虽然没有回头看乐乐，却不时听见它在车斗里前前后后地挪着步子，因此猜想它也喜欢这地方，正用那双聪明的眼东张西望地看。

小马路上没有车来车往，老人沿着路边慢悠悠地蹬着三轮车，一边打量着路旁的景色：麦苗地、棉花田、菜园子……他不禁有点得意，心想自己虽然少小离家，上学、当兵、当了半辈的小学老师，田里的东西还都认得，说明他的记性还不错。后来，他看见一片狭长的杨树林，就慢慢下了大路，顺着条土路朝那儿骑。看上去不远的那片林子其实并不近，他骑车骑得累了，就下来推着车子走。一转眼，看见车子上的乐乐正眼巴巴地仰脸看着他，他明白它的意思，却想卖个关子，于是稍停了一会儿，问："怎么了？你坐车坐得腿酸了？你是有福的狗，还有司机呢。"说完，眯着眼瞅它，乐乐就像个不会说话却怕大人的小孩儿，在车子里挪动着身子，想往他跟前凑，眼睛巴巴地看着，喉咙里还发出"叽叽咕咕"着急的声音。他这才呵呵笑着把它从车上抱下来，说："跑吧，去跑着玩儿吧，撒撒欢儿，趁你还跑得动……"

他看见乐乐比平时跑得欢，尾巴摇得更灵活，似乎这空气里有引它奔跑的东西。有时它竟不自觉地跑到他前面去了，但它是那么聪明、忠顺的一条狗，每当它发觉自己没有跟在老人身边，它就突然停下来，转过头来看他，站在原地等着他，这时它的额头就专注地皱起来，中间形成三条很可笑的、竖着的纹。

那些茂密的大杨树长在两个狭长、突起的土岗上。岗子似乎是一条废弃的灌溉渠的两岸，但不像一般的堤岸那么陡峭，是一个缓缓上去的土坡。老人把三轮车停在下面，往坡上走去。几乎没什么风，但那些高处的、易感受到风的树枝仍不停地拍动，响声像夜里落在屋檐上的“啪啪嗒嗒”的雨点。林中长满柔软、丰厚的毛线草，因为杨树的隐蔽仍旧茸茸地绿着。他仰头向上看看，那原本白而发灰的天空在墨绿的叶子、黑色的枝丫缝隙里竟有些泛蓝了。一束束阳光透过树的缝隙照下来，被光照亮的一片草或一截白净的树干就闪着淡淡的、金色的光。偶尔有几片叶子无故地斜落下来，悄无声息地躺在毯子一般的草上。除了一些鸟躲在他看不见的地方叫几声和杨树叶发出的阵阵下雨般的声音，林子里静得只听到他俩走路的声音。这时，他注意到乐乐站住不动了，然后它仰起脸，把小鼻子伸到空气中嗅了一会儿，突然，它像射出的箭头一般朝前冲去，又猛然在某个地方停住，像小马一样飞快地原地兜两个圈子，朝他飞快地奔回来，直起身子，扑到老人身上。它像小孩儿一样来回嬉闹着，老人笑出了声，说：“好，好，你高兴了？知道你高兴了。你去跑吧，去好好跑跑，自己玩儿，让我坐下来歇一会儿，这段路可不近……”然后，他背靠着一棵树坐下来。

他回想着小时候在乡间的生活，把它想得又快活又有劲头，那些不好的事儿都被他忘了。他回想起他那时候爬树很厉害，能一股气爬到眼前这么高的一棵杨树顶上，从那里看着奶奶在树下急躁地喊他。奶奶那时看起来离他很远，就像他现在看杨树的顶梢那么远。他什么时候变成了现在这个人？慢条斯理、胆小、害怕和人说话……也可能早就是这样了，但自从老伴儿走了、家里只剩下他一个人以后，他就更不爱说话了，也没有人和他说话，幸亏还有乐乐，他每天说的寥寥几句话有一半是对它说的。他看着林子里澄静的光线，心里有些发愁，也有些快乐。他叹了一口气，抬头寻找乐乐，看见它正神气活现地摇着小硬棍儿一般的尾巴，朝更高处的坡上跑去……

3 小米

小米回家是在春节前一个多星期，她提前请了假，想接父亲到她家过年。到那时为止，乐乐已经丢了两个多月。父亲在电话里对她说过这件事，那还是在乐乐刚丢之后，父亲很难过，但后来他就没有再说过。父亲说，他听人家说超市里的大米比农贸市场上的还便宜，就想去买一袋米。他以前从没有去过超市，所有东西都是在杂货店和农贸市场买，不知道超市不让狗进去。到了门口，保安拦住了乐乐，他没有办法，只好把它留在外面，用绳子拴在路边一棵小树上。走到商店门口，他还朝它看了一眼，它听话地在树底下蹲着等。他进去以后，在那么大个地方转来转去，好长时间也找不到卖米的地方，后来问了人才找到，想算钱时又找不到售货员。出来的时候，树底下就空了。他问了周围很多人，没人能说清楚。后来，他在城里蹬着三轮车找了好几天，猫狗市场、狗肉店里都一家家问过，但没有人见过他的狗。

小米到家的时候已经接近吃晚饭的时间，天快黑了，巷子里一个人也没有。她走到自家门口，发现门是错开的，露着一条缝隙。她于是推门进去，看见父亲正揣着袖，在正屋的屋檐底下呆坐着，听见门响朝她这边看过来，似乎怔了一下才站起来惊愕地问：“小米……怎么这时候回来啦？”

她从进门看父亲第一眼就觉得他显得老多了，不是他脸上的皱纹或是白头发多了，而是他走路的姿势、坐着的样子、说话时候的声调……他的背已经有点伛了，头发看起来很长时间没有洗过，而且说话更少了，反应也很慢。小米在心里责怪自己，她看着这个空寂、黑乎乎的院子，觉得早应该把父亲接去和自己住，她害怕父亲这样子是老年痴呆症的先兆。但她掩饰着心里对父亲的怜惜，仍然吵吵嚷嚷地说着话，像教训小孩儿一样怪父亲不洗头、不注意卫生，又怪他把家里弄得黑灯瞎火，看起来就像没人住的房子。她在屋子里跑来跑去，把厨房、客厅、卧室的灯都开了，张罗着做饭。但也不知道为什么，这屋子里看起来还是冷清得很，和原来比少了点啥……她想起了乐乐，她以往回来的时候倒没怎么注意过这条小狗。

她在厨房里做饭，后来，父亲也跟到厨房里，搬了一个小板凳沉默地坐在小桌旁边。过一会儿，他突然提到狗丢了的事，说：“都怪我，我不该用绳子把乐乐拴在外面，人家一定是硬把它牵走的。要是我不把它拴在树上，谁也带不走它，它跑得快……”

“不怪你，怎么怪你呢？算了，算了，爸。”她正做着饭，不想多说。

“人家一定是把它拴起来了，不然它会自己找回家。”父亲又说。

“那也没有办法。”

“是啊，没办法，不说了……”

客厅里太冷，厨房里有张小方桌，他们就坐在厨房里吃饭。吃饭时，她责怪父亲说：“对啦，你一个老人在家里，连大门也不闩，现在的世道多坏你知道不知道？小偷进来了怎么办？”

父亲低声应道：“家里不像你们大城市那么乱，咱家里也没什么好偷。”

“没什么好偷？现在小偷能为了几十块钱杀人，你知道不知道？爸，你也太不注意了，你一个人住家里还这么不注意，叫我怎么放心？”她说。

父亲没说话。

她以为他的耳朵也不好使了，心又软下来。过一会儿，她和缓地说：“爸，不管怎么说，你以后都得把门关好。”

老人这才抬头看着她说：“得给乐乐留着门，它回来了能进家。”

她惊讶地看着父亲，他却不看她了，端起碗喝他的稀饭。

她说：“爸，你别多操这份心了。乐乐丢了都两个多月了，不知道被卖到哪儿去了，怎么可能还回来。”

老人说：“也可能，这都怪我……”

“爸，你现在说这些话有啥用。就是一条狗嘛，丢了就算了……”

“你不知道狗，只要人家不把它杀了，只要它认得路，它都会找回家，狗认路比人厉害。”

老人笃定的态度让她觉得好笑，她说：“爸，那你就想，乐乐找到了一个新主家，比咱家条件好，天天吃肉，它不是也在那儿享福了？你就别替它多操心了。”

老人连连摇头说：“狗都认旧主，它心里也会难受，想回家……你哪儿知道狗？你又没有养过它。”

小米讽刺他说：“好了好了，就你知道。”

父亲争辩说：“你妈也知道。”

小米听了没作声。过一会儿，她又突发奇想，说：“爸，你要真想要个玩意儿，我再给你买条小狗，我们那边狗市上都是名犬，这些名犬比土狗聪明得多……”

老人不高兴了，打断她说：“我不要啥名犬，我自己养的狗好不好我还不知道？”

小米还没回答，他就把碗筷往桌子上一放，伛着身子走出去了。小米跟到院子里，喊道：“爸，你去哪儿？”

他说：“我吃完了，出去走走，你收拾吧。”

老人仍然散步到西关路口，在路边站一会儿再折回来。晚上睡觉时，他怕小米睡不安稳，还是把门从里面闩住了。但他自己没怎么睡好。第二天一早，他起床时小米还在睡，他去街上买了女儿爱吃的牛肉包子和胡辣汤。

上午，小米把父亲的衣服和床单、被罩都收拾出来清洗。

她早上吃饭时候又向父亲提了去她家过年的事儿，但父亲仍然和电话里的态度一样——不去。她想，吃了中午饭，她再软磨硬泡一番，老人家耳朵软，应该就能说动了，这样她回去还有充足的时间准备自家过年的事。吃完午饭，小米想让父亲高兴，提议和父亲打牌，一局赌五毛钱。打牌时，小米趁父亲心情好些，说："爸，那咱们明天上午就出发吧？"

"去哪儿？"老人正认真地研究手里的牌，这时抬起头茫然地问。

"看你多忘事，不是说去我家吗？"

"我不去，"父亲说，"我在这儿住惯了，哪儿也不想去。"

"你不去住几天怎么知道你不喜欢呢？你先去过年，如果你喜欢，以后就和我们一块儿住，你要不喜欢过完年再回来嘛。"

"小米，你也不用劝我，我哪儿也不去，人老了，不想跑东跑西。"

"爸，你现在怎么这么固执呢？我这次是专门回来接你，家里那一大摊子都扔下了。你看你，怎么劝也不去，你叫我怎么办呢？我也不能一直住在你这儿，家里还有很多事儿等我回去干呢。"小米有点急了。

"你来这儿住两天就算陪我过年了，明天你就赶快回去忙你家里的事儿。"老人温和地说，"来吧，别说这了，该你出牌了。"

小米瞪了他一眼，又盯着手里的牌看了一会儿，说："反正你再考虑考虑。”

晚上小米又提起这件事，老人仍不愿去。小米生气了，她突然想到乐乐，说：“爸，你是不是怕乐乐回来家里没有人？你要是担心这，我真觉得你老糊涂了。乐乐丢了这么久，不会回来了，可能早被人家……”她想说“吃了”，但硬把这两个字吞回去，改口说“卖了”。

可老人似乎猜到了她的意思，他坐在沙发上，眼睛直愣愣地看着电视，半天没说话。

小米后悔了，想说点什么挽回，想不出，也呆坐在椅子上生闷气。她听见父亲站起来时，吓了一跳。父亲看起来并不生气，可脸上仍旧是那种有些迟钝、发愁的神情。他走到她面前说：“小米，你别劝我了，我还是住在自己的老地方舒服，其他金屋银屋我也不想去住。我在这房子里住，过去的事儿就记得清楚些，这里头的东西都是你妈和我用过几十年的东西，我不想让家里变荒……乐乐要不回来，我也没啥伤心的，伤心时候都过了，各种可能我都想到了……它万一回来，家里头还有人。你在外头也别挂念我，我还动弹得了，什么事儿都能干，你也有一家子人要管……”

小米说：“爸，你想想，我一家子人都能管得过来，还怕多你一个？”

老人笑笑说：“我知道你多忙，你明天就回家去，孩子们放假了，你得回去给他们做饭。”

小米说：“我再陪你一天吧。”

他看看她，本想说些推辞的话，终于又没有说，点点头说："好，好，回来一趟不容易，就在家多住一天。"

第二天，小米出去给父亲办年货。快过年了，家里什么东西都没有添。冰箱没通电，里面空无一物。厨房里除了一些常备的米面油盐、一个冬瓜和几个萝卜，找不到别的。小米在超市里逛了一上午，买了糖果、干货、鲜肉、老年奶粉……她看到什么都想给父亲买，觉得这些好东西父亲都没有吃过、用过。下午，她又去给父亲买衣服，她看到商场外面有电器促销，就给父亲买了一个电磁炉。

晚上，小米做了四菜一汤，父女俩吃了一顿丰盛的饭。老人吃得很高兴，吃饭时候说："乐乐要在家可有福了，肉汤儿泡馍，还有骨头让它啃。"小米听了看他一眼，没说话。吃完饭，老人依然要去散步。小米说："爸，这么冷的天，别出去跑了。"

父亲说："老习惯，走到环城路口就回来。"

父亲进屋的时候，小米正在看电视。父亲看起来有一点兴致，伛偻着的背似乎变直了一点儿，他对小米说："下雪了，你去看看，外面下小雪了。"小米走到院子里看，看见空中飘洒着碎碎的雪粒。她却没有父亲那份兴致，担心雪下大了明天回家路上不好走。她虽然想多陪父亲一天，心里却焦急着孩子和丈夫，怕家里没有她什么都乱了套。她也受不了老家的冷，没有暖气，房子保暖不好，被窝一晚上都暖不热……她一眼扫见父亲没有闩上院门，看见两扇门错开一条缝，心里更加厌烦，但也没有说什么。

父亲还在看电视，小米就睡下了，她想搭明天一早的车回省城。因为冷，她紧裹着两层沉甸甸的被子，很快睡着了。睡梦里，她依稀听见了窸窸窣窣的动静，又听见大门被人推开了，还有人在院子里和外面的厅里走动，她感到有人敲了她的门……但她又昏昏沉沉地睡过去了。最后，她醒过来时感到有光照在脸上，就欠身倚着床头坐起来，意识到是外头厨房里亮着灯。她感到蹊跷，披上大袄，浑身发抖地下了床。她穿过黑暗的客厅，在门口犹豫了一会儿，才走到外面去。院子里异常冷，正是后半夜和凌晨之间最冷的时候，冻得她上下牙打颤，但院子里比客厅明，地上铺着盐一般的新雪，天空有点发白，空中仿佛有一抹看不见的光，空气寒冽却那么洁净、清新。

厨房里果真亮着灯，但门紧关着。她蹑手蹑脚地走到窗户外面，透过脏兮兮的玻璃往里看。小屋里仿佛弥漫着一层淡淡的烟雾，父亲就坐在小方桌前，盯着炉子上冒着热气的小锅。她看见了乐乐——那条小狗，它正蹲在老主人的脚边。它变得很瘦、很脏，脏得看不出是一条白毛狗。这时，父亲站起来，乐乐也站起来，父亲往炉子那边走，它跟在后面。它看起来真是瘦骨嶙峋，还瘸着一条前腿，它和以前她看到的那条狗一点也不像，但它就是乐乐，因为它流露出她虽未注意、却能辨认出的那种温驯、快乐神气，它那条小硬棍儿一样的尾巴仍然像以往一样摇个不停，敲打在桌子腿上、橱柜边缘。她看到父亲把小锅里的热水倒进一个搪瓷碗里，拿着勺子在碗里搅动，用嘴不时对着碗里的东西吹，好让它快些凉下来。最后，他把碗放到地上，说了句什么，乐乐就快活地走过去，先抬头看了老人一眼，似乎表示感激，然后才低头喝他冲好的奶粉。父亲搓着手，目不转睛地看乐乐，他整个人突然有了一种神采，是她这两天里没有看到过的，仿佛什么东西把他的执倔、愁闷、衰弱都融化了，抚整得平滑、柔顺。她想到那就是乐乐带给他的一点欢乐，是她不能给他的相伴的欢乐，找回了这点儿欢乐，他就像一株干枯的树在雨水里又恢复了生机。

她轻悄悄地走回去，心里有些疑惑。但她在床上躺下来，反复回想刚才的情景，确认那条狗就是乐乐，所以，就像她始终不相信、父亲却始终相信的那样：乐乐找回了家。它不知道走了多远的路……从窗子里透过来的那一点灯光消失了，她听见他们穿过院子，接着推开客厅的门。很快，夜晚又恢复了黑暗和沉寂。她想再睡会儿，但睡不着。后来她的泪突然流下来，她想忍住泪，却哭得更厉害了，她把脸蒙在被子里，“呜呜”地哭出了声……

2012 年 1 月 28 日于休斯敦

书　亭

1

在人民路和青年路交叉的那个十字路口一角，有个刷成邮政绿的小书亭。在百货公司、超级市场这几栋高大建筑旁边，这个袖珍的东西像个笼子，又像某个过往年代留下的孤零零的影子。常在这一带走动的人或许会注意到它，一个过路的人则不可能对它留下任何印象。

书亭有个小小的开口，它的功能相当于一面小窗、一个通风口，是里面的人和外面的人交流的唯一通道。即便在晴朗的白日，亭子里也有些昏暗，人将面孔凑到这个小口前往里看，需等待一会儿，等到他的眼睛适应了和外头的炫亮反差颇大的朦胧之后，他会看见一册册书刊，有些书看起来很有些古老，此外还有一些期刊——《收获》、《外国文艺》、《名作欣赏》……它们的名字念起来同样像是过去某个年代的回声。这些书就像亭子里的昏暗一样给人陌生而又有点神秘的感觉。外人很难了解这些印刷品是怎样被固定在这一圈铁皮墙壁之上的，但它们的确是被牢牢地悬挂在那儿，书页偶尔在吹进来的阵风里轻轻翻动。在这些以奇特的方式悬挂于壁上的印刷物中间，摆放着一张小桌子，桌上整齐地码着一摞摞报纸。在报纸的后面，最初坐着一位面善的、戴眼镜的妇人，后来坐着一个女孩子，再后来这女孩子长成了一个女人。

当女孩儿从母亲那儿继承下这个古老的事业时，她的女伴儿羡慕过她，她自己也欢天喜地过一阵子。她不用再担心考大学的事，不用担心课堂上会被老师把“闲书”收走，也不用担心工作的事……她可以经年累月地坐在这小铁皮房子里，看她喜欢的书。每个月，书亭会来一些新书，至少是新的期刊，她又会有新东西可读。每个作者都告诉她不同的事，他们各有各的讲法，各有各的语调，有些让她喜欢，有些令她厌恶。她记住了其中的一些人，于是这么多年她养成了一个习惯，就是每当新期刊到了，她就开始在这些大而薄、纸页透明发香的书里寻找她记得的那些人，找到后就像遇到了老朋友，这是她平淡生活中小小的快乐，尽管有的老朋友也会让她失望。

但买书的人越来越少，新的来了，旧的依然挂在那儿，书亭里越来越拥挤，她只好把其中的一些搬回家。爸妈都说，不要再进这些书了，可她的心软，要教她舍弃这些书就仿佛要一个女人背叛落魄了的爱人一样。渐渐的，她的女伴儿也不再羡慕她清闲的职业了，她们在辽阔的世界里风风火火地走动，看了很多东西，学会了新装扮，她们很少来找她了，更不来借书了。她呢，就坐在这个小小的亭子里，在昏暗的光线中，在堆积着各种报纸的桌子后面，在她那些沙沙翻动、仿佛在低语的大书中间，她坐在里面，像个生活在茧中的小人儿，柔弱、单薄，岁月在这个隔绝般的茧中过于静好，以至于她恍惚间度过很多日子却意识不到飞速的流逝。可突然间，她察觉到父母的烦恼，她发现人们看她的眼光不一样了，她听到一些不怎么中听的同情话，才意识到自己已经过了三十岁。

已经三十岁这件事本身并没有令她烦恼，亲人和其他热心的人们为她烦恼却增添了她的烦恼。她有点害怕回家了，害怕突然在家中见到被亲戚领来的陌生男子，害怕被催促着去见什么人。她不会说话，打扮得太清素，似乎出了她那个小小的亭子，她站在哪里都显得不合群。她和这些探访者、约见者也找不到共同的话题，他们讲的电视剧和新闻她知道得不多，谈起来也表现不出特别的兴趣。此外，她的“工作条件”在这些人看来也太差，他们更是普遍认为她缺乏女人的妩媚……事实上，在用于女人身上的形容词中，和她相距最远的就是妩媚，有时候她看上来竟像一个有点消瘦、清秀的男孩子。她不是没有情感，不，她一点也不冷漠，事实上她的心比很多动不动就撒娇、掉泪、依靠到男人怀中的女人都柔软，她的感觉比那些柔软的发丝还要纤细，只是她还没有学会用女人的优势来讨好男人，或者说从不曾在意那些有关女性妩媚的普遍乃至恶俗的表达方式。她会为一本长久无人光顾的书伤心，她会察觉到覆盖在它们身上薄而又薄的一点微灰，她从不粗暴地将哪怕是一叠稿纸摔在什么地方，仿佛它们都是有感觉的。她的眼睛蕴含着情感，但那双眼却是透明的，一个人需要看透很多东西，才能看到这透明里的东西。

那些探访者、约见者慢慢稀少，她既不觉得遗憾，也没有特别欢喜，在她看来，这就像喧闹的季节过去、清疏的季节来到一样自然而然。她父母则先是唉声叹气，后来仿佛认命了似的，不再催促唠叨。在母亲方面，甚至说过这样的话：“她这样也好，跟着我们，省得受男人和婆家欺负。”她父亲听了这句话很赞同，因为他认定女儿这样的性格到哪里都会受别人的气，而他只有一个女儿。令他们欣慰的是，女儿总算没有学“坏”，当他们散步时看到街上那些裙子短得露大腿、和不三不四的男人勾肩搭背的女孩时，这种欣慰尤其强烈。他们的生活并不差，算得上小康之家，两个老人都是邮电局老职工，领着退休金，书亭的书虽说不怎么卖，报纸和矿泉水却卖得不少，也有一小份稳定收入。两位老人既然不能指望女儿找到一个好夫婿，就转而更努力地为女儿攒钱。

2

又一个夏天来了。对她来说，夏天是个难过的季节。虽然书亭旁边有一棵树，但这棵树太幼小，没有足够的清荫来遮蔽亭子。早上，它会寥寥地洒一些花瓣似的影子在亭子身上，随着正午的来临，影子越缩越短乃至于消失了。正午，这个小小的金属笼子被强烈的光烤得通体发烫，她坐在里面，俨然坐在蒸笼之中。她有一个小电风扇，终日嗡嗡作响地摆头，朝她吹着热乎乎的风。她有时候看着它笨头笨脑、十分吃力的样子不禁觉得好笑。椅子旁边的一个纸箱上搁着母亲给她买的大蒲扇，额头上渗出汗水的时候，她就偷偷拿出蒲扇猛摇几下，再把它放回去。她不让人家看到这个蒲扇，因为在她看来，这种蒲扇是她父母那辈人用的，令她有点难为情。

在人们午睡的时间，街上的行人稀少，她会把背后那扇小铁门推开一条缝，让外头的风吹起来。风是干热的，却比蒸笼里困住的热气令人畅快。风流入书亭，和从小窗那儿溜进来的风形成了清爽的、小小的涡流，在这安静、又仿佛有着悄然声息的涡流中，她吃着母亲给她送来的午饭，看街上偶尔走过的女学生，看她们彩色的裙子和鞋子，就回想起自己少女的时候，生出那么一点仿若幸福、又怅然若失的感觉。

她常常想起一位朋友，似乎也说不上是朋友，只能说是一位熟悉的人。从她少女的时候，从她还没有把自己紧紧裹藏在这个小而透明的茧中的时候，她就认识他。那时候，她放学后喜欢来书亭里耍一耍，陪伴母亲，中午有时代替父亲来给母亲送饭。有一天，她看见那个人的脸出现在书亭那扇小窗口，听见他的声音向母亲询问什么，她吓呆了，想蹲下去、藏在桌子底下或者什么地方，但是她只能呆呆地站在那儿，不敢抬起头。她什么也没听见，什么也不看，直到他离开。过后，她知道他根本没有认出她，他教过很多学生，而她只是其中不显眼的一个。

在她母亲经营书亭的时候，他也算是个相识的顾客，但也许是在她接手书亭之后，他才变成了一个常客。他有时来买书，他在这里还订了三四份期刊。所以，通常他每个月至少会来一次。也有时候，他可能两个月来一次，把积累起来的杂志一次拿走。有一回，他四个多月都不曾来过，因为他太太病了，后来又去世了。当她对自己的过往产生一点感慨和依恋的时候，她也常常想起他，他那时候还是一位年轻老师，现在他快五十岁了，成了鳏夫。可自从她第一次在书亭里遇到他以后，他在她心目中就不再是以前那位老师了，仿佛因为他在那个时候恰好出现在那个地方，他在她心里就增添了分量，得到了不一样的关注，有了不同的意义……她说不清楚那到底是什么意义，但是，当她再看他的时候，或是再想起他的时候，他的确就不一样了。

如今，当她置身于那小小的涡流中，当她有点惘然地回想这许多年中她是否也曾喜欢过任何人的时候，她对自己有点吃惊。似乎曾经有那么一个男生，一个初中时候的同学，她曾经暗自喜欢过他。但是，当她到了高中，他们不在一个学校，她看不到他，那种想看见他的感觉也慢慢淡了，最后一点也没有了。还有一位朋友的弟弟，比她们小两岁。似乎她也对他有过好感，这好感多半来自于她觉得他似乎也喜欢她的这个猜测。有一次，他们一起去郊外玩儿，他趁周围没有人的时候拉住她的手，他说了一些话让她觉得他有点轻浮。过后，她就不喜欢他了。仅仅是这些吗？似乎仅仅是这些。然后就是他了，一个和她叔叔年龄差不多的人，她从未想过他们之间有任何可能。但是，他在她心里占据了一个地方，很多年来，这个地方还没有被任何别的人占据。他从来没有从她的意识中消失过，而这种有关他的意识、想象成了她生活的一部分。例如，每当他的杂志来到的时候，她总会生起一股喜悦，因为她知道他不久也会来了。而每当他带走了这一期的杂志和书，她就会开始盼望着下一期来到。她并没有过多的焦虑，却是带着些微的甜蜜盼望着。当她把书交到他的手里时，她甚至有一种感觉，仿佛她托付给他、而他接过去的，还有别的东西。或者，当他接过这些书却并没有马上走，而是停留一会儿，在小窗的外面轻轻地翻阅这些书时，她似乎感到他的温柔和欣赏并非仅仅是针对书的。她为自己的想法感到害臊，常常把自己隐藏在那堆报纸的后面，低着头，露给他一个短发蓬乱的小脑袋。他似乎也习惯了这样，如果没有别的人来，他总会在外面待一会儿，略略地翻看一下他的书，对她说几句话。他们从来没有站在一起过，总是她在里面，他在外面，他们之间隔着那个薄薄的茧壳，开着一扇小小的窗口。

他的太太去世大概有三年多了，他有一个儿子，已经上大学。她去世后，他变得很瘦，但和原来一样整洁、斯文，当他出现在她那个窗口的时候，他还是和以往一样温和有礼，当他接过那些书时，他的动作从来都不会粗鲁轻慢。作为一个无比细心的观察者，她发现他从没有拿着书在她面前挥舞，从没有像有的人那样心满意足地大声拍打着书或是把期刊随手卷成一个筒子，更不会把钱直接扔到她面前的桌子上，他总是耐心地等待着她伸出手，接过他手中的东西。有时候，她的双手拿着别的东西，或是正忙别的事儿，他也不会表现出一丝一毫的不耐烦。她为此高兴，因为这表示他尊重她，甚至可以说爱护她。但是，她有时候担心这是否只是他对待每个人的良好习惯，也就是那种被称之为教养的东西。如果是这样的话，她并不是享受这个特殊待遇的人。于是，她的快乐上就蒙上了一点儿阴影。因为他瘦了，他脸上的皱纹更明显了，他的颧骨高起来，眼睛显得深陷。但她也观察到他细心地染过头发，因为她以前还曾经在他头上看过一些白发，但现在没有了，她注意到他的衣服穿得比以往更讲究了。她对此有过很多猜测，但她认为最可靠的猜测是他要掩饰他的痛苦，他大概害怕白头发或是邋遢的样子泄露他的脆弱……她对这个猜测深信不疑了，然后便认定他是个坚强的人。如果说在他妻子去世之前，他只是在她的思绪中占据着一个重要的位置，那件事之后，他又博得了她的同情。当她看到他瘦削的脸，她心里感到痛苦。但她总是说着同样无味的几句话，在不该回避的时候低着头，她的长至下巴处的头发总是掠过她向着他的那个侧面，仿佛遮掩着她脸上的线索。她把一切埋藏得太深，以至于这完全变成了她一个人的事情，从未想过去表达，或是暗示，尽管有时两种不同的冲动会朝她袭来：破茧而出；或是把自己更深地裹藏在茧中。

一天夜里，她做了一个梦。她梦见一个人坐在她的床头，有暖色的光照过来。她在梦里没有害怕，却感到新娘般的幸福。那个人当然不年轻了，在梦里，他也没有变得更年轻，但那仿佛就是她理想中温柔、甜蜜的时刻，她在现实中从未体会过，在梦里却感觉得很真切，以至于那种可靠、踏踏实实的温暖气息一直弥漫在她第二天早上的回忆中。过去，想象中莽撞的爱抚、生育都让她隐隐地感到恐惧。于是，在一上午的恍惚中，她又给自己找到了新的理由。现在她深信只有他能给她理想的爱，和他在一起才会得到她要的那种幸福……但她相信这一切就像相信一个梦，信得没有形迹。这幸福因此也像梦一样没有形迹和重量，她仿佛早已知道并接受了这一点。

好几天后，她夜里回家的路上，被一辆电动车撞伤了。书亭关门了，她的左腿打上厚厚的石膏，躺在床上。

3

她在床上躺了很多天，也许有一个月了，因为几乎是一成不变地躺着，时间对她来说就模糊了。每隔两三天，父亲把她背到楼下，去呼吸一点新鲜空气。父亲背起她有些吃力，每当这时候，她心里会有点酸楚，有些挫伤，她想本该有另一个人背着她。母亲则一直在家炖各种养骨伤的汤，因此他们那两居室的家里总是弥漫着一股骨头和药草的气味。邮差把她订购的书送到了家里。这时候，夏天最热的时候已经过去了。

有一天，她坐在自己的房间里看书，听见有人敲门，然后母亲去开了门。她听见来人和母亲在说话，声音很熟悉。后来，她的心突然跳得很快，当母亲走进来时，她正直着身子，呆呆地看着门口。母亲说“老师看你来了”，扶着她走出了房间。那时候，她腿上的石膏已经拆掉了，但走路还有些跛，她穿着居家穿的背心短裤，露着两条颜色不一的光腿。她极力掩饰着她的难为情，还算平静地和他打了招呼，在他对面的沙发上坐下来。但她发现他似乎比她更尴尬，他起初发窘的举止让她感到他是鼓足了勇气才来看她的，她继而想到他为打听她家的地址也费了许多周折……这些小心思让她悄悄地愉快起来。渐渐地，他也变得从容，和她的父母闲聊起来。

除了一开始关于伤势的询问，他们很少说话。客厅太小，偶尔，他们的眼光碰到了一块儿，短暂地停留一下，又各自走开了。她父亲见到她的老师，聊得很起劲儿，他俨然把眼前这位男子当成他的同辈人，也不忘他是另一位父亲。当父亲说起“我们做老人的”这样的话，她竟感到不舒服，仿佛替他尴尬。父亲流露出一种对男性友谊的热切向往，大概因为他在两个女人的世界沉默了太久，他滔滔不绝地说着，说到兴起的时候，他把话题扯到女儿婚事上面来，她直着眼睛瞪父亲，最后是母亲看出了她的意思，把这个话题带过了。父亲的热情被暂时压抑下去，他又从某个匪夷所思的地方翻找出很久没有抽过的烟，递给客人。她的老师，或者说她那位朋友，伸手接过她父亲递来的香烟时，迅速朝她看了一眼，似乎想征得她的同意。她确信两位老人都没有注意到这一点，她很高兴，在这么一个“大家都在”的环境里，他还是保留着一点只属于他们两个人的秘密氛围。每当她不经意地抬头看着他，她都在内心里反对父亲，至少对她来说，这个人身上没有一点衰老的迹象，他脸上甚至还洋溢着一种年轻的光彩。

然后，他问到了书。她意识到他正把环节传到她的手里，因为他问到他订的那些书，这是只有他们两个了解的事。于是，她回答着，并且站起来，尽量自然地走向她的房间，可她越是想要走得自然，越是感觉到那条受伤的腿在牵绊着她。她意识到他就跟在后面，走得很慢，当她走近那个书柜的时候，她有点急躁，左腿没有及时跟上，她的重心偏了，身子朝前倾去，他伸手拉了她一下，说："慢一点儿。"她扶着书柜的边缘站住了，她意识到他们两个从来没有离得这么近，而且，中间不再有一道把他们隔开的东西，不再是一个在里，一个在外，所以他刚才伸出手，就能拉住她，连他的声息都离她很近。这样，她没有一个地方可以躲避了，不能躲避他，也不能躲避一些别的东西。这又让她有点害怕了。

她已经把他的书归整到单独的一摞，在她能够自己缓慢地走动的时候，她就把这件事做好了。其间，为了打发百无聊赖的时光，她把这些书都读了一遍，又有好几次把它们拿出来，重新排列了顺序。她想蹲下身，帮他把书拿出来，但这不是个容易的动作，于是告诉他，书在书柜里从下往上数的第二层。他拉开书柜，把他的书取出来，然后说："你都已经帮我整理出来了。"他语气里流露出来的感激让她不好意思，她往后退了一小步，坐在书桌前那张椅子上，说："现在订书的人很少，你的书到了，我就帮你单独收起来。”

“每次都是这样？”他笑着问。

她愣了一下，不太明白他的意思，“嗯”了一声。

他把他的书放在她面前的书桌上，仿佛被书柜里的书吸引了，他单膝跪在书柜前，不时抽出一本书，翻看一会儿，再放回去。她坐在那儿，俯视着他。他曲着身子，变得矮小了，看起来甚至像个小孩儿。

突然，他抬起头望着她说：“这是店里的书？”

“以前是，”她说，“很长时间卖不掉，我就把它拿回家看。”

他仿佛自语似的说：“这是些很好的书，现在很难买到了。像这一本，丽尼翻译的屠格涅夫是最好的，哦，这个选集里有《书简》，”他的眼神又转移到另一本书上，“这篇小说我年轻时读过，但是后来再也没看到……”

他随后问：“这些书，你都读过吗？”

她说：“读过一些。”她觉得承认这一点有些难为情。

因为她脸上泛起的潮红，他怔怔地看了她一会儿，突然意识到自己仰着头、还单膝跪在地上，他站起来，说：“如果我想买一些……”

“这些书都不卖了，”她急促而温柔地打断他说，“你想看的话就拿走看吧。”

后来，他在她旁边站着，把一只手放在他借阅和订购的那摞书上。他那支手臂离她很近，稍稍抬起就会碰到她的头发和额角，伸过去就能环住她那张娇俏的小脸，把它拉向他。他就这样站了一会儿。他要走的时候，说：“我一看完就把书还回来。”

因为他也许随时会回来还书，之后那些天，她即便在家也穿着长裙子，覆盖住两条颜色不一的腿。她穿着齐整，似乎在等他来，但是每当一天过去，他仍然没有来，她又仿佛松了一口气。第五天的时候，他来了，在晚饭后天色就要暗下去的那个时间，他来还借走的书中的其中两本。这一次，他没有找到恰当的理由和她独处，就那么一直坐在客厅里，和她的父母说话。他们都还坐在上次坐的位置，她坐在他对面的沙发上，穿着一件白色的短袖衬衫和一条宽大的格子裙，那条裙子就像一张毯子，把单薄的她覆盖起来。她知道她这样看起来比那天更素雅、美丽，而他显然也注意到了这一点。她察觉到他总是不经意地向她看一下，他的目光里有些惊讶、不安，还有些不情愿，他看起来想多待一会儿，于是继续聊着他心不在焉的事。他们并没有多少直接的交谈，他问到她的康复情况，她告诉他再过两三天书亭就可以开门了。他又问到她最近看了哪些书，她随口说了一两个名字。之后，他就再也没有提到书的事，因为他不想让老人们被拉在话题以外。时钟敲响九点半的时候，他不得不起身告辞，他注意到她的父亲已经打了两次哈欠。他们一起把他送到门口，看着他走下第一节楼梯。随后，他们进屋，习惯九点钟就上床睡觉的父亲立即去睡觉了，母亲和她看了一会儿电视，她说要回房休息的时候，母亲眼神异样地看了她一会儿。

她故作镇定地回去自己的房间，关上门，但她知道她的脸已经红了，她不是害羞，母亲眼睛里的什么东西刺了她一下，她说不清楚这种羞耻感从何而来。临睡前，她什么也没有看，熄灭灯躺在床上睁着眼睛。她明白了，母亲的目光里有一种垂怜，母亲想必认为她太寂寞了才会看上一个这样的人，她以为她这是自暴自弃。但即使母亲真认为她不自重，她也不会比现在更难受，让她难受的是母亲看低了他。她看她的样子在她心上压了一块重得可怕的石头。她以往从来没有这种感觉，就是她的家庭竟会给她负担。她想世界上并没有那种理想的爱情，总会有这样那样的问题，这样那样的烦恼，哪怕是一个细微的眼神，一句伤人的话，也会让人立即灰心丧气，烦恼会像泥一样，把人陷在里面……

第三天，她没有去书亭开门，因为从早晨开始就一直下雨。下午三四点钟的时候，他来了。两个老人正在下跳棋，因为被打扰了而不太高兴。她父亲在他来还书后的第二天就表示了不满，用开玩笑的口气说他要是有什么企图趁早让他死了心，她想母亲一定是对父亲说了什么。当他湿着半只裤腿走进来，她就开始紧张。他似乎一开始就感觉到了这个家里突然不友好的气氛，慌忙解释说他路过书亭，但是书亭没有开，就顺路过来看看。于是，她知道他去书亭找过她，极度后悔因为下雨而没有去开门。父亲显得不太乐意交谈，他摆起了老人的架子，脸色凝重。母亲则有点虚假地客套着，但没有像上次那样给他倒一杯茶。他们不怎么说话了，于是他不得不找些话题，老人只是有一搭没一搭地应着，大部分时候，气氛冷场，大家都僵坐着。她在心里难过、生父母的气，替他们感到羞愧，但不知道怎么解救他。每次他们的眼光碰到一起，她就感到另两双眼睛在瞥视着他们。她也知道他早已感觉到了，他是那么敏感的一个人，但他只能坐在这个冷淡的、不欢迎他的客厅里，捱着慢得惊人的时间，他显得力不从心，显得老。突然，她听见母亲在说话，然后父亲也加进来，他们正说起她的婚事。她立刻明白了他们的意思。母亲就像聊到随便什么话题那样提到，曾有人给她介绍一些离过婚的有点年纪的男人，但他们不想委屈女儿，还不是年龄的问题，尤其是想到对方有儿女，不好相处。她的语气一点也不刻薄，倒是充满善意。接着，父亲加入进来，极力表明自己如何从小就宠爱女儿，说他们如今也想通了，宁愿找不到也绝不凑合，不能委屈了她……她脸色苍白、一筹莫展地听着。他们后来又扯到别的话题上去，她听见他说话，但不敢往他那儿看一眼。似乎为了弥补他们对他的折磨，母亲又恢复了她的热情，从冰箱里搬出来一个西瓜。他这时候站起来，说他不吃了，还有事要去别的地方。她也立即站起来，然后大家都站了起来。她匆忙地看他一下，但他没有看她，他的眼睛看着门那边，他脸上勉强地笑着，她知道他的自尊伤到了什么程度。

他走了，和上次一样，他们站在门口，看着他的身影消失在第一节楼梯的转角后面。他走得很匆忙，看起来有点狼狈。不知道为什么，在他身影消失的那一瞬间，她脑海里浮现出的却是她中学时候看到的那个人，她为他难过，她几乎有一阵冲动，想跑下去，喊住他。但她跟随父母回到客厅里，父亲对母亲说：“还是你的眼光准，我倒没看出来他还真有这个想法，怪不得三天两头来，他也不想想，我们女儿才多大，况且他老婆还……”母亲看见她脸色难看，赶忙打断：“别说了，人家也不一定有什么想法，人家说什么了吗？”她一句话也没有说，就自己回房间去了。因为下雨，天黑得早，暮色爬上了窗户，透过她的浅蓝色暗花窗帘，渗进屋子里来，把墙壁洇成了灰蓝色。她哭过之后就一直趴在床上，看着灰蓝色的光在房间里消失，四处完全沉浸在昏暗中，桌上的花瓶、闹钟、书、镜子依次变成模糊的影子……她想到这里、这小小的家也像个笼子，像一个茧。

4

书亭开门后的那几天，她每天都觉得他那一天就会来。大概两个星期过去了，她终于摆脱了那种等待的焦虑，并且对他有点生气，因为她觉得他不该迁怒于她。然后，他订的书到了，她就又有了一点新的希望，大约在第三个星期快结束的时候，他来了。他来拿他的书，同时带来了另外两本从她那儿借走的书。他看起来有些冷淡，甚至故作姿态。谁都没有提起那件难堪的事，至少他们两个人心里都知道，他再也不会到她家中拜访了。

他曾想到，如果他再年轻十岁，他可能还会去，他会抓住不放，他不会觉得丢人，对一个年富力强的人来说，追求一个姑娘没什么丢人的。但他不可能年轻十岁，所以他不可能再去，至少，在他这个年纪，应该知道什么叫自知之明。他这么自我解嘲地想着，希望自己表现得自然、热情，表现得就像一位老师，一个熟客。但是，当他看到她，她那张平静得像是没有表情的脸又刺伤了他。她仍然坐在里面，让他站在外面，没有丝毫让他进去的意思。当她接过他递过去的书的时候，她的手碰到他的，马上缩回去了，接着，她又把他的书递过去，这一次，她小心翼翼，不让他们的手碰到一起。他想到这就是他两个多星期来一直等待的，并不比他在她们家的遭遇好多少。

她看出了他的怨气，他心浮气躁地翻看他订的杂志，嘴里嘟哝着："还是这些烂东西，一些老掉牙的东西。"他的怨气似乎感染了她，她的热情、她在等待和幻想中积蓄起来的那些柔活、感性的东西突然间都凝固了，变成一种可怕的生硬东西，一种让人窒息的类似死寂的东西。直到他匆匆忙忙地走掉，她才蜕去她那坚硬的防御外壳，变回一个柔弱的幼虫。她发现人们说得很对，一个老姑娘不懂得如何和男人交往，包括自己喜欢的男人，她们生硬、古板、让人讨厌。她发现她总是过后才意识到当时应该怎么做，她不应该拒他于千里之外，虽然她只是出于习惯才把手缩回来……她责怪着自己，但相信他很快就会来，下一次她会对他好一点，于是，她习惯性地回到那个心理游戏中——想象他，开始新的等待。

大概有一个月了，他没有到书亭来。秋天已经来了，在她天天走的那条路上，梧桐树开始泛黄，树叶在有气无力的城市的风里缓缓飘落。他订的书被她整整齐齐地放在一个安静的角落，她总是习惯性回头看看，似乎想确认它们还在那儿。有一天，就在离书亭不远的一个街口，她碰到了他。他说他刚好出来散步，就遇到了她。他显得有点不好意思，又恢复了以往那种温和，这让她觉得他并非是偶然出现在她回家的路上的。他们在街上一起走了一会儿，她并没有刻意地离他远一些，在狭隘的人行道上，有时候他们不得不因为躲避迎面而来的自行车和行人而碰到肩膀。在这个有些狭窄、风景单调的路上，就在那个黄昏，她似乎闻到了别的气息，看到了另一种隐藏在城市的灰暗、浑浊之外的颜色。在通往她家的那条小路口，她停住了。他不怎么确定地问："我把你送到楼下吧？"她说："不用了，我自己回去。"她这么说是因为知道母亲在这个时候正和楼下的老太太们聊着天，在小区的门口附近等着她，她担心母亲看到他又会说些让他难堪的话，她也害怕那些小区老太太议论她。因为她说得确定，他就不再坚持了。她这时才想起他的书，问："你什么时候到书亭拿你的书吧。"他看着她笑了笑，说："等我有空的时候。"后来，她很多次回想起他有点悲伤地微笑的样子。

他一直没有来，他的书已经在她留给他的那个角落里堆积起来。那天下午，当别人告诉她他已经到别的城市工作了，起初，她竟没有什么感觉，因为她还不愿相信他说的话。那人走了，一个下午再没有别的顾客，她有点纳闷，后来才发觉外面下着大雨。她昏沉地俯在那张小桌上，听着嘈杂而空洞的雨声，当这声音打在铁皮屋顶上，听起来尤其空洞。她想着刚才那个人说起的事——他已经走了，一种委屈和怨气迅速填满了她，可慢慢地，她感到空得可怕，像是所有东西瞬间失去了凭借。她从回忆里挖出所有的细节，反复、使劲儿地回想，她更害怕了。她越来越相信，他尝试过把她从那封闭的小世界拉出来，拉到他那一边，但她没有回应，她冰冷、毫无热情，她的犹疑、懦弱、耽于幻想，这一切就像作茧自缚，终于把她关在了可能的幸福之外……

她猛地伸手拉下窗口的挡板，因为雨正从那里斜扫进来，打湿了桌子靠前的地方。她在断然的黑暗中把头贴在那笼子的壁上，她的心惊恐地跳动着，耳朵里是一片晦暗、没有意义的轰响。一股湿冷黏附在她脸上，它像是突然长出了无数的触角，弥漫到她的头发里，爬进她皮肤的下面。她坐直身体、紧闭上眼，但眼前仍是那片冰冷、一望无际的虚空——她的一切都将坠入这虚空。

2012 年 7 月 13 日于休斯敦

两次相遇

“但是我请求你重读一遍《三次相遇》，全神贯注于自己的内心世界，你的青春年华，你的爱情，你年轻时那种莫名其妙近乎疯狂的美好激情，那种无愁可言的苦闷……”

——涅克拉索夫致屠格涅夫

“我只见过她四次，但每一次追忆起来仍历历在目。她令我印象深刻……”

——亨利·詹姆斯《四次相遇》

我第一次看到的是她的画像。那是2006年的冬天，我从国外回到生长的那个小城市。中学时代的朋友们都已经结婚、发胖，谈论着单位里的人事变动和孩子。每个人都对我很亲热，令我感激，但我们已经没有什么话可说了，只是劝对方吃菜喝酒，相对傻笑着。这样的见面、聚会让我觉得疲倦，后来我就很少出门了，我发现我几乎连一个朋友也没有。

在家里，我同样无所适从。天异常寒冷，房子里没有暖气，只有一台轰轰隆隆的空调机，放在客厅的一个角落里，喷出一股干燥、含着灰尘味儿的热气。但当人从那个角落走开，走到另一头去，阴冷就又把人包围了。好多天都是阴沉的，我父母认为很快就会下一场雪。但雪一直没有下，天空只是灰着。临近春节的时候，哥嫂都放假了。他们在靠近空调机的地方摆上麻将桌，开始整日整夜地打麻将，有时候还会来一些别的人，他们的朋友。午夜，我在楼上房间里躺下，听着那哗哗啦啦的麻将声和谈笑声，感到一切都像是毫无希望。他们打得如痴如醉，似乎除此之外，再也没有任何值得人投入精力的活动。有时候，他们叫我配手，我总是断然拒绝。每当我流露出反感时，他们就诧异地看着我说："那你让我们做什么呢？"……连我自己也无事可做。我带了一些书回来，却看不进去一页。我在房间里呆坐着，把一本本书翻来翻去，最后又扔到一边。在这种沉闷的气氛里，什么也无法按它应有的方式进行，什么也不能激发一点想象、一点活力。

我因为父母而回家，但我和他们也没有多少话可说。有时候，我们一起坐在厨房那个巨大的铁煤炉前取暖，在被油烟熏黄的墙壁前面，我觉得自己也变得和他们一样老了，一股憋闷的情绪油然而生，我起身走出去，那条卧在煤炉旁的狗立即惊醒，跟到外面，我想它和我一样厌倦这毫无生气的生活。我带它沿大路向南走，折回来，再向南……我们在寒风里走着，空旷的马路上卷起一层薄薄的尘土。街上行人稀疏，想必人们都躲在家里，坐在他们的牌桌上、炉子边，坐在他们喷着灰尘的空调机前、经年不换洗的丝绒窗帘下面，弓着背或是腆着肚子，目光混浊，心灵畏缩。看见狗挺着身子往前奔跑，我竟感到振奋，我大声喊它、吹口哨，有时就和它一起跑起来。在人们眼里，我一定像个傻子，可这就是那些日子里唯一让我感到快活的事。

在这样的一次散步中，我遇见了中学时代的一位同学。我留意到他并不是因为我第一眼就认出了他，我只是看见一个气质不俗的人从对面走过来，他身材瘦高，穿着牛仔裤、黑皮茄克，脖子里围了一条灰白色条纹的毛线围巾。他的头发稍长，但很自然，并非那种刻意留长的艺术家发式。他身上有一种干净利落的洒脱神气。如果在某个大都市街头看到这样的人，我可能不会注意。但在那个沉闷、保守、连衣着也庸俗而臃肿的地方，这个人却鹤立鸡群。

我们相遇后的第二天，他就到家里来找我，邀我去他的画室，我才知道他在文化馆工作，还是市书画协会的会员。我记得我们去他的画室的路上，下起了雨，只是细碎的雨花，又像微小的雪粒。我忘了我们在路上都说了些什么，但突然有一个人会笑起来，另一个也会马上加入进来。我觉得这个我以前不曾联系过的人比其他朋友都天真可爱，他滔滔不绝地说话，喜欢发笑，他和我谈他的画，而不是谈他小孩儿的幼儿园，而且他身上那种自然、满不在乎的气度让我颇有些惊讶，这种气度我在国外那些呆子留学生中间很少见到。

他的画室就是单位后院一栋旧楼的一个二楼房间，冷得像一个冰窖。但他居然藏着电炉子、白酒和袋装花生米。我们在房间里喝酒，吃着发潮的花生，起初发抖，后来又出汗。他问到我的狗，我说它至少是一个活物，在这里，活物是不常见的。他深表赞同，高声笑起来。他问我去过的地方，要我描述这些城市。然后，他问我在巴黎和纽约去过哪些博物馆，看过哪些名画。我东拉西扯地说了一些，当提到亨利·马蒂斯时，他立即说，他不久前在网上买了一本他的画集。“太贵了，”他有点不好意思地说：“不过，买这些东西我还是舍得花点钱。”那些真迹看上去一定很不一样吧，他问道。和画册上的效果不一样，你这种懂画的人才应该去看，我笑着说。但他听了怔一下，然后沮丧地说他哪儿也去不了，这辈子就会窝在这个小地方。我转移话题，提到不少馆藏珍品是个人捐赠，尤其在美国，博物馆几乎就是富人们捐赠出来的。他轻蔑地说，国内的有钱人只知道收藏古董，他们根本不懂艺术。沉默一会儿，他又开始谈画，从安格尔的古典人体画谈到德加的舞者……他的记忆力惊人，谈论时双眼炯炯有神。突然，他站起来，走到一个角落去，因为灯光昏暗，角落整个地陷入阴影中。他从一堆似乎是框架和纸板的东西里搬出一幅画，我这时才惭愧地想到我根本没要求参观他的作品。他小心翼翼地把这幅油画抱到一个灯光稍亮的地方，倚在窗前放的那张破桌子上。我走近去，看到一幅纯蓝背景上穿白衣的女人的半身像。我也许在画像前看了很久，与其说是画本身吸引我，不如说是画里面的人吸引了我。画里的人，我不能说她漂亮得出奇，但她脸上那种神情却是我没有见到过的，那是一种极为纯净的天真，一种细致入微的温柔，具有恰好的、自然的感染力，似乎它退一步就会变成愚蠢，而进一步又会变成娇媚。在这间陈旧的屋子里，在浑浊昏暗的黄灯泡的光里，它更显得不可思议。画中人的眼睛里掩饰着一种轻得难以察觉却又令人印象深刻的羞怯和憧憬，这憧憬既让人感到幸福的悄然滋润，又有点儿令人迷惘。

后来，我发觉他在偷偷瞥视我，赶忙说："我看呆了。"

他朗声笑起来。

这就是她的画像。

过后，我和这位朋友又见了两次面，每一次都谈得很愉快。在我临走前的两三天，他突然打电话给我，邀我去他的画室吃火锅。我想到那个冰窖一样冷的画室，想建议去别的地方，正犹豫着，他似乎察觉到了，马上补充说，画像的主人也会来。于是，我明白为什么我们不能去外面吃了。六点半，我准时找到那地方。我刚走进二楼的楼道，他那间小屋的门突然开了，一个女人探身朝我瞅了一眼，又迅速闪回去。楼道里没有灯，只有从两头的窗里透进来的一点外面的光，因此我什么也没看清。很快，我的朋友出来了。

我走进屋子时，仍然和朋友说着话。她并没有来迎接我、做自我介绍什么的，我只是扫到一个身影在桌子那儿站着。但似乎要掩饰自己强烈的好奇心，我没有刻意去看她。我脱掉大衣和手套，把它们搁在贴墙放的那张小床上，才朝她站的地方走过去。小电炉和椅子都被挪近那张桌子，一个矮方桌（也可能只是个倒扣着的箱子）被放在一张椅子旁边，上面铺着报纸。朋友正在调整它的位置。他笑着回头对我说："咱们随便点儿。"我说："我就喜欢这样。"没有盖盖子的火锅正在电炉上冒着白花花的蒸气。那张桌子上也铺着报纸，摆满了盛着食物的碗碟。她在桌子那儿忙碌，背对着我。但当我走得更近一点时，她转过身子。她穿着一件青色的高领毛衫，腰间系着围裙。她转过身时的样子令我想到，她刚才之所以背对着客人，并非她不讲礼貌或故作冷漠，而是因为羞怯。我们见过一些姑娘，她们似乎不怎么爱理人，但实际上是她们不知道该如何行事。但她又和那些姑娘不一样，因为她脸上并没有装出来的冷漠，也没有局促僵硬的表情，除了一点不安，那张脸透出一种温柔而又富有青春气息的热情。

她对我笑了一下，竟然没说话，又微微低下头去理她的菜叶。但她并没有转过身去，只是稍微侧着身体。我说："准备了这么多好吃的？"她又笑了一下，看着她的菜叶说："没什么东西，也不知道够不够……"我又问："需要我帮什么忙吗？"她轻声而急促地说："什么都不用你干，你快去坐下歇歇吧。"她脸上的神情就像那幅画像一样令我暗暗惊讶。

"有点怕生人，尤其怕见外地人。听说你要来，刚开始吓得不敢来。"这时，朋友走过来，打趣地说。她这才抬起那双明亮的眼睛看了他一眼，又看着我说："你别听他乱说。"

我们两个喝白酒，她喝汽水。朋友说她一喝就倒。她不断跑来跑去地端菜、拿漏勺、换小碟。每当他把话题引到她身上、开她的玩笑时，她都会轻声地抗议着，找个借口站起来找点事儿做。可后来，当我们的酒越喝越多，即使她走开的时候，朋友的眼睛也紧盯着她。他似乎忘了我的存在，完全关注她，他开始碰她，她好像还不习惯他当着一个陌生人的面这么做，不经意地躲闪着。尽管我几乎从一进门就知道他们的关系，但还是觉得尴尬。偶尔，我们的目光碰到一起，她眼睛里竟流露出羞愧和歉意。

朋友发现酒喝光了。他已经有点儿醉了，十分亢奋，我不知道这是因为酒精，还是他心里那种强烈的感情在起作用。我建议不要喝了，他不同意。他要马上到楼下买酒，我说我去，但他命令我坐在那儿不要动，说他虽然是个穷人，虽然没有出过国，但不是连一瓶酒也买不起。他站起来去找钱包，我也要站起来的时候，坐在对面的她突然说："你就让他去吧，你不让他去他会生气的。"我似乎无法违抗这个命令，因为我刚才执意要去也是担心我留下来会令她尴尬，但她这句话表示并没有这个危险。

他走了，屋子里立刻显得寂静。我想找个话题，但想不出任何有意思的话题，我对自己有点生气，索性闭着嘴不说话。

这时，她先开口了："你再吃点吧……"

我说："我差不多了，歇一会儿吧。"

她点点头，也不看我，伸手把我的碟子收过去，把里面的一点东西倒进她身后一个塑料袋里，又从桌上拿起餐巾纸，把碟子仔细地擦干净，轻轻放回我面前。我看着她做这些动作，她看起来比画像里那个人还要美，她的美似乎又在这轻柔的动作和身姿之中，具有一种瓷器般柔润动人的气息。

我道了谢，说："我见过你的画像。"

她看着我笑笑，说："是去年画的了。"

我问："你们认识很久了？"

她说："快一年十个月了，我们是文化系统培训的时候认识的，我是初中老师。"

"你教什么？"我笑着问。

"我教音乐。"她说。

"真好，一个唱歌，一个画画，艺术之家。"我说。

她怔一下，往前俯着的身体缩回去，原本直射在她脸上的灯光突然变暗了，可我仍然看到她的脸红了。我察觉到我说错了话。

过一会儿，她换了个轻松的语调说："你去过很多地方？这种生活真好……他特别羡慕你。"

"居无定所，不过，也算自由。"我说。

"自由多好，"她诚恳地说，"在这个小地方，每个人都盯着你、说你的闲话。你去的那些地方……真想象不到，我只听说过名字。他给我讲了，他说起来很激动，你不知道，他在这儿根本没有朋友。他不喜欢和那些人说话，现在有你这样的朋友。而且，"她突然抬起头，看着我说，"你了解他，你也不嫌弃他……”

她谈起他突然变得滔滔不绝了，令我多少有点儿扫兴，我冷淡地接道：“我为什么要嫌弃他？”

她没有觉察我口气里的冷淡，仍然激动地说：“你不经常回来，不知道家里的变化。现在很多人都很势利，他们觉得他穷，整天还想得那么高，可他懂的那些东西他们谁也不懂，谁也不关心。他们就会笑话他……”

她停住不说了。令我惊愕的是，她垂下的眼里闪动着微微的泪光。那双眼睛久久地盯着铺在她膝盖上的一小块围裙（她一直系着围裙）——它是浅灰色的底，蓝色的圆点图案。我想我最好装作没看见，于是我把目光转到其他地方，说：“这些人自己又怎么样呢？捞一点好处，搞一点钱，觉得就是了不起的成就。可他们怎么想都不重要，不值得计较，关键是了解他的人喜欢他就行了。”仿佛为了讨好她，我又补充一句：“我们都了解他。”

过一会儿，她恢复了平静，说：“你说得对，那些人都不值得计较。他人很好，这你都知道。我们在一起……刚认识不久的时候，我那时有肝病，不是传染性的，但不知道大家怎么传的，反正那些学员都避着我。他说这是歧视，”她说着，突然笑起来，“他偏偏和我一起吃饭，偏偏把我吃剩下的菜扒到他碗里，大家都觉得他疯疯癫癫，连我都害怕了，我怕传染他，虽然医生说不会传染……可他就是这么傻气，我没见过他这么傻的人。”

我心想，如果不是你，而是别的女人，他可能也会这么做，因为他明显就是会做出这一类怪异行动的人，任性、不顾后果……而你是个恋爱中的女人，愚蠢得看不到这一切。

但她脸上此时浮动着若有若无的笑意，仿佛她自己坠入到一些遐想中去了。等她回过神看见我，她脸上的红晕更深了，这使她异常美丽，仿佛她整个人被一种柔和美妙的光照透了。突然，她勇敢地直视着我，用一种少有的镇定态度说："你一定知道我们两个的情况，你不要以为我们只是那种……那种要找刺激的人，我们俩都是认真的。如果不是打算和他长久在一起，我就不会这样，我不是那种人，"她停了一下，看着我继续说："我们会结婚的……这些，他也告诉你了吧？"

我被她的美丽和语气打动，撒谎说："我知道，他都对我提起过。"

她说："真的吗？"

但我看到她的样子，心里清楚她并不需要我回答，她早已相信是真的，而且为此幸福。我不禁为刚才的想法而羞耻。我想我之所以那么想，是因为我想泼她的冷水，我多多少少有点嫉妒。后来，我把她瓶子里的饮料往我的杯子里倒一点，和她碰了杯，祝愿他们早日在一起。她感激地笑了，不好意思地说："说了这么多我自己的事儿，你可能都不感兴趣……"

我争辩说："我很感兴趣，我应该谢你，你信任我，愿意对我说。"

"你人太好了。"她说。

“时间久了，你会发现我并不好。”我说。

她笑了，说：“我不信。”

我笑笑，轻轻叹口气。

过一会儿，她说：“听他说，你快要走了？”

“再过两天。”。

“那下次什么时候回来？”

“还不知道。”我说。

“我希望你早点回来。”她声音很低地说，似乎为这么一句话感到害臊。说完，她几乎是悄无声息地站起来，走到桌子那儿去了。很快，她捧着那个盛汤的小罐回来，往火锅里加了汤。她对我说：“他快回来了，我先煮上些菜，他一回来就能吃了……”

2008年的冬天，我回来后不久就给那位朋友打电话。如果说我这两年在国外怀念过什么家乡的朋友的话，可能就只有他了。我在电话里建议马上去画室找他，他告诉我那间房已经没有了，被公家收回去了。后来，我们在一家餐馆里碰面，他出现时令我大吃一惊。他看起来至少老了五岁，甚至给人一种不怎么整洁的感觉。他以往那种笔挺、潇洒的姿势没有了，背似乎塌下去了一点，他的眼睛曾具有因对一切怀着热情而似乎逼视着观察对象、希望将它看透的炯炯神采，但现在，它仿佛松弛、黯淡了，常常看到别的地方去。他似乎没什么问题可问我，于是，我试图谈一些能引起他兴趣的东西，但他看起来并不感兴趣。我又问起他的家庭、作画的进展，他总是说“还是老样子”或者“就这么回事儿。”后来，他对我说他被人家“踩”了，说那个到省城参加作品展的名额本来是他的，但领导给了别人，他等了几年的机会就这么没有了。他又提到画室，说连这么一个破烂地方也被人家抢走了，分房子的希望更是泡沫也没有，他现在什么都没有……每当我试图说些安慰的话时，都被他淡漠地打断。他一直要啤酒，最后，他似乎高兴了一点儿，骂骂咧咧地谈起他的同事和领导，称那些人都是骗子，还讲了一些无聊的笑话。

结完账，我们坐着喝茶。我问：“她现在怎么样？”

“她是谁？”他抬起那双眼皮松垮的眼。

“画像的主人。”我笑着说。

“噢，你说她，哈哈，”他突然大笑起来，“我猜就是。你还挂念着她？她知道了今天晚上一定高兴得睡不着了。”

我尴尬地说，“不至于吧。你们还是那样……发展着？”

“当然，老样子，谈不上什么发展，就那么回事儿。”他说，不笑了，脸上立刻现出熟醉者那种木然。

我们又说了些闲话，但再也没有提起她。

又过了几天，一些中学的同学邀我吃饭，我随口提到他。我注意到大家脸上都带着一种含糊、悻悻然的表情。后来，一位善于应酬的同学说：“不知道你和他还有联系，就没叫他。那就打电话叫他也来，大家也很久没有见过他了。”不知道为什么，尽管我并不想让他来，但仿佛是要和这些表情怪异的同学做对一样，我把他叫来了。我发现没有一个人和他相熟，也没有几个人和他说话，他闷声喝酒，很快又喝醉了。我把他送回家时，他妻子也在。她开了门，看见我扶着他，立即转身走开了。他家里的状况令人难过，一间比他的画室大不了多少的屋里，拥挤地放着床、书架、饭桌、旧箱子，唯一像样的家具是一张双人沙发，没有卫生间，没有分割开的卧室……一切显得陈旧、杂乱。他妻子是个很普通的妇人，从我们进门，到我把他安顿在沙发上，最后告辞离开，她都一直冷脸坐在饭桌旁的凳子上。

后来，我尽管常常想到约他出来谈谈，却考虑到自己已主动联系过他两次，还是决定等他的电话。一个多星期后的下午，他给我打电话，说要回请我，约我晚上去酒吧。

晚上，我如约到了他说的地方，发现那地方是个旧库房改造而成的舞厅，只有一扇小门，连窗户也没有。他等在门口，看上去已经喝了不少酒。我随他进去，看到昏暗中倒是人影攒动。尽管灯红酒绿，这里却令人感觉异常憋闷、昏沉。他对我神秘兮兮地笑着，带着我往吧台挤。然后，我看到她坐在那儿。她的头发比我第一次遇见她的时候长多了，从中间清晰地分至两边，滑过她的肩膀和胸部，直垂到腰间。她瘦了，脸型几乎变了，那头女巫式的过于笔直、漆黑的头发更衬托出她的瘦削、憔悴。我在她旁边坐下来，我们在吵吵嚷嚷的舞曲和说话声中寒暄了两句。大家都要了啤酒，朋友迅速喝干一瓶，就拉我去跳舞，我拒绝了。他搂着她和我的肩膀矫情地说：“那我去快乐了，这位女士就先交给你照顾了。”他这时已经半醉了，脸上带着糊糊涂涂、有些讥讽的笑意。他仍然塌着背、歪着肩膀，但显得很快活。我拉住他，想让他坐下来，但他笑着挣脱了我，跑到舞池里去。很快，他物色到一个单独扭动的女人，就凑到她跟前，两个人对扭起来。

开始，她还盯着他们看，他们移动位置，她的目光也随之移动。她脸上始终淡漠地笑着。后来，舞厅里换了更快节奏的音乐，慢扭的人们开始疯狂摇摆起来，舞池里昏暗的灯光也熄灭了，只有一道道惨白的光不时扫过那些陷于黑暗中的脸。

“他又快喝醉了。”她终于转过头对我说，“你没有来的时候，我们就喝了不少。”

“看得出来。”我说。

过一会儿，她把空啤酒瓶推到吧台服务生那边，又要了一瓶，对我说：“你还没有喝完吗？喝那么慢！快喝，喝完再来一瓶。”

她监督着我，一看我喝完，即刻把瓶子抢走，另要一瓶。

她看起来不像起初那么淡漠了，于是我问：“你还好吧？”

“还好。”她说，顿了一下，很镇定地说：“我离婚了。你已经知道了吧？”

“我不知道。”我说。

她也不觉得惊讶，继续说：“你上次走了不久我就离婚了，我决定了就去做。”说完，她豪迈地仰头抽了一大口啤酒。

“那你现在……自己住？”

“住我姐姐家，寄人篱下。”

“还在学校教音乐？”我问。

“嗯，还有一口饭吃。”她说完，笑了一下，又灌了一口酒。

我没说话。

“我离了，可他没有。”她又说，笑出了声。

我低着头，但感觉到她正看着我、等我的反应，我只好抬起头看着她，她那张脸仍笑着，在灯光里显得干燥而苍白。我说：“我没想到……”

“算了，”她摆摆手打断我，“不用同情我，我自己都不想它了。”然后她转过脸，继续喝她的酒。

过一会儿，朋友回来了，一气痛饮了半瓶啤酒，对我挤眼笑笑，说：“随便喝，不要替我省钱，这个我还请得起。”然后，他邀她跳舞，她不去，他自己就又去跳舞了。

她把她的酒喝完，又把他剩下的半瓶酒也喝了。然后，她软弱地往吧台上俯着身子，手里仍拿着那个空酒瓶。当她突然回头往舞池里看时，那个侧面显得冷硬、尖刻。她脸上已经没有过去那种神情了，那动人、微妙的柔美仿佛也从她身体和一举一动中消失了。

“我们去跳舞吧？你想不想跳舞？”她趴在吧台上歪着头问我。

“你去吧。我不会跳。”我说。

“胡说，谁都会跳，你不去我也不去啦。”她说，把头伏下去，漆黑的头发就把她的脑袋和肩膀整个覆盖住了。

我突然感到一阵厌恶，不知道自己为什么要到这个乌烟瘴气的地方，呆坐在这里，面对一个蓬头乱发的女人。舞池里乱扭的男男女女，还有这些在吧台附近挤来挤去的人，他们和我一点关系也没有，我为什么要和他们混在一起，这震耳欲聋、粗俗得可怕的舞曲，我为什么要忍受它？

这时，她猛然抬起头，又把她的空瓶子朝服务生推过去。

“不要再给她酒了，你没看见她喝多了吗？”我烦躁地对服务生大声说。

她似乎吓了一跳，睁大那双半醉的眼看了我一会儿，低下头，很久不说话，也不看我。我想我刚才的态度伤了她的自尊心，有点后悔，但也不知道怎么挽回。我朝舞池里搜寻着，希望看到我的朋友，招呼他过来，但每次我都眼睁睁地看着他的面孔一闪而过。

突然，她伸手紧抓住我的胳膊，神情严肃地说：“我想出去，快点，我难受。”我立刻拉着她往外挤，快到门口时，她松开我的手，自己跑出去。等我跟到外面，看见她正扶着街边一棵树呕吐。我急忙回去要了餐巾纸和水。我担心走过去会让她觉得难堪，就站在她身后不远的地方等着，直到她回过头找我。我们走到舞厅侧面的一小块空地上，她漱口，又用水把餐巾纸弄湿，反复地擦手和脸。在外头清冽寒冷的空气中，她熏醉的脸渐渐清醒了，水湿的皮肤苍白得有点发青，那双画过的眉显得更浓黑了。

“对不起，麻烦你了。”她看了我一眼，说。

“怎么会。你现在觉得舒服一点没有？”

“好多了。谢谢你。”

“那就好。”我说。

她仍然在擦她那双手，她似乎努力控制着，尽量平静、缓慢地做这个动作。但那双手突然抖起来，她勾着头，低声哭起来。

“别哭了，好了……”我说。

“我难受，心里很难受。”她说。

“我明白。再想想，总会有办法的。”我说。

但她立即反对，抽噎着说：“不会，不会，不会有办法。”

等她稍稍缓和一些，我又说：“他也很为难，他对我说过，主要是孩子……”

“我也有孩子，这他没有对你说过吗？”她抹抹泪，抬头看着我。

“没有。”我惭愧地说。

她凄然地笑了一下，说：“他很小，我现在一个星期只能见他一面，我不配当他妈妈。算了，算了。说什么都没有用，我现在都明白了，是我自己笨，我也不知道怎么会走到这一步的，我现在算什么？他的姘头？”

“你别这么说。”

“啊，那你让我怎么说？别人不是都这么说吗？”她看着我，又笑了一下。

她说："还记得上次见面我对你说的那些话吗？你现在觉得可笑吧？笑话我吧，看不起我吧……"

"我不会看不起你，我敬佩你。"我说。

"谢谢你，谢谢你，如果你说的是真的……"

我打断她："当然是真的，我没有必要骗你。"

"至少你还看得起我，哪怕就你一个人还看得起我。"她说着，抬起手捂住脸。

我毫无办法，觉得规劝、安慰都是多余的，只能站在她旁边。后来，她止住哭，轻声说："你能帮我把衣服拿出来吗？我想回家。"

我回到舞厅里，没有找到他，只好结了账，托服务生转告他我们先走了。坐在出租车里，她又恢复了那种淡漠的表情，一直朝车窗外看着，这表情就像一扇紧紧关闭的门，把我们隔开了。一路上，谁也没有说一句话。下了车，往她姐姐家住的那栋楼走，她说："我其实不想回来。但也没有其他地方去。"我迟疑了一下，问："你还想去别的地方坐坐吗？"她说："我不是这个意思。"这时我们已经走到楼下，她站住了。我明白她的意思，说："那我就把你送到这儿了，你上去吧。"她说："好的。"她往昏暗的楼洞走去，突然又回过头问："你下次什么时候回来？"我说："一两年吧。"她抬手压住被风掀起的头发，对我笑了笑，那张消瘦的脸蓦然间变得鲜明，蒙上一层忧伤的纯真。"希望你早点回来。"她像上次相遇的时候一样说。

我刚跨过马路，走到街对面，就看见朋友从一家小店里跑出来，看来他一直等在那儿。

他和我一起走着，笑嘻嘻地说："她喝多了吧？闹情绪了没有？这种事儿还得麻烦你。不过，我也没法送她，被她姐姐姐夫看见不好。"

我说："她急着回来，我当时找不到你。"

他问："你把她送上去了？"

"没有，我把她送到楼下，不过我听着她上去，进了门。"

"幸亏你没上楼，任何人上去都会受到详细盘问。"他说，又叹口气："女人就是麻烦，还是你这生活好，单身汉，自由自在。谈什么恋爱，浪费时间。你才是看透了。"

我冷笑了一声说："你不招惹她就没有麻烦。"

过一会儿，他又问："对了，你干嘛把账结了？"

我说："这不是什么重要的事儿。"

"说好了我请。"他说。

"谁请都一样。"

"不一样。"他似乎生气了。

我没理睬他。

这时，我们走到旧影院那儿，路灯的光照在这个废弃的灰色建筑上，在墙上、柱子上形成一扇扇光带和暗影。我们几乎同时注视着这悄然移动的、柔和而晦暗的波纹，注意到它就像一幅画，而我们的侧影也错落、重叠地印在其中。我们走得近了一些，他突然笑起来，用肩膀顶了我一下，我也笑起来。有一瞬间，我们仿佛又回到上次相遇的时候，一些相通的、细微却美好的感觉又在我们心里苏醒过来，仿佛我们还是那两个对很多事物怀着不可理解的热情、对另一些事物怀着不能容忍的厌恶的青年，仿佛我们还可以在冰冷的屋子里一边冻得发抖一边热切地谈论爱好与幻想，对世俗抱着高贵的满不在乎，珍视着自己可怜的孤独……可这神秘的交流、这快乐的时刻稍纵即逝。我们很快又走进飘着灰尘的灯光里去了，我身边这位朋友又是一个懦弱、虚浮的人，一个面容呆滞的醉汉。小城冬日的邋遢、沉闷、阴暗，那些活动着却了无生机的人，一种没有希望、仿佛永不会前进的生活……这一切就像浓雾笼罩住人的心，让它感觉不到任何鲜活、光亮和洁净。

走到交通灯口那儿，我们立即分手了。我要继续向南走，而他要向西转。临走时，他说："改天我请你吃饭。"我说："再联系吧。"但几天后，我就走了。

两年多过去，我再回到那里时，已经联络不到他了。在一次同学聚会中，我问起他，大家说他去某城市打工了，进了一家广告公司，"听说混得还不错。"他们说。但没有人知道他的联络号码。

"他的家人呢？"我问。

他们说也跟去了。

饭局快结束时，我问起她。

他们先是很惊讶，过后都仿佛心知肚明地笑起来。他们说他出去后不久，她也嫁人了。他们还笑说她没有扶正希望，住在姐姐家也讨人嫌，似乎姐夫对她动了手，她后来自己搬出去住，常有不三不四的人去敲门，名声也臭了，不过，最后总算嫁出去了，对方是跑运输的，她嫁过去就是当免费保姆，照顾俩孩子，哪有这样的笨女人，自己的孩子不要了，最后给别人的孩子当保姆……他们用那种有点猥亵的兴奋语气谈论着她，不惜添油加醋，似乎每个人对这件事儿都掌握了详细信息。在这个地方，唯一能引起所有人交谈兴趣的就是男女偷情的话题，唯一能让所有人都发笑的就是手机上传来传去的粗俗段子。

离开餐馆后，一位女同学和我坐同一辆车，又说起她的闲话，而我只是木然听着。

后来，她问我："你见过她吗？"

"见过两次。"我说。

她有点儿得意地说："你见她的时候她还算漂亮吧？不过，你要是现在看见她，就认不出来她了。"

"应该不会。"我冷冷地说。

"怎么不会？"她脸上显出夸张的鄙薄神情，"你不知道她现在看起来多老！我上次在街上看见她，带着孩子，一开始都没认出来是她，穿着一件男人的夹克，一点都不讲究了。"

她的腔调和表情都让我厌恶，我提前下了车，步行走回家。

晚上，我呆坐在自己房间里，回想起那幅画像和画室里短暂的交谈。那是将近五年前的事了，我想到我自己也已不是当年那个人，我跨过中年的门槛，许多过去的冲动、热情如今都让我觉得可笑。可我还是难以接受别人说她面目全非，难以接受这乏味、令人窒息的生活会毁掉仅有的一点生动和纯真，把我们珍视的东西都带走……

后来那些天，当我一个人走在街上，我会留意周围的人，希望能在人群中看到她。我也曾到学校附近，到她姐姐的住家那一带走动，我很想再见到她，想知道她现在的生活，我不知道这究竟是出于好奇心，还是别的什么。那时候是仲春，小城依然肮脏、嘈杂，但街边大树的茸绿、阳光里的一抹清透、空中的飞絮都带着某种不真实，有时甚至让我觉得心里那个不期而遇的幻想并非幻想，而是下一秒就会发生的事。在这漫无目的地游走中，那些回忆也变得越来越清晰，精细无比。但直到我离开，我都没有见到她。这似乎也是意料之中的事，那些在你心里留下最深刻印象的人，通常就是你再也不会遇见的人。

2011 年 11 月 10 日于休斯敦

图书在版编目（CIP）数据

两次相遇/ 张惠雯著. -- 上海 : 上海文艺出版社,2019

ISBN 978-7-5321-7046-3

Ⅰ.①两… Ⅱ.①张… Ⅲ.①短篇小说－小说集－中国－当代

Ⅳ.①I247.7

中国版本图书馆CIP数据核字(2019)第144878号

发 行 人：陈　徽

责任编辑：乔　亮

封面设计：钱　祯

书　　名：两次相遇

作　　者：张惠雯

出　　版：上海世纪出版集团　上海文艺出版社

地　　址：上海绍兴路7号　200020

发　　行：上海文艺出版社发行中心发行

上海市绍兴路50号　200020　www.ewen.co

印　　刷：上海盛通时代印刷有限公司

开　　本：787×1092 1/32

印　　张：8.125

插　　页：5

字　　数：161,000

印　　次：2020年2月第1版 2020年2月第1次印刷

I S B N：978-7-5321-7046-3/I.5635

定　　价：55.00元

告 读 者：如发现本书有质量问题请与印刷厂质量科联系　T: 021-37910000